キラ
リン
リッジ

ネス
（ダークネス・ロード）
ライム
（ミニスライム）
ミオ
テイマーさんのVRMMO育成日誌
Ms. TAMER'S VRMMO TRAINING DIARY

テイマーさんの
ＶＲＭＭＯ育成日誌

ジャジャ丸

ぶんか社

C O N T E N T S

プロローグ

見晴らしの良い草原に、獣のような雄叫びが響き渡る。

空気を震わす咆哮を貫くように、金属の鎧に身を包んだ騎士装束の少年が、一気に前に躍り出た。

狂暴化したモンスターから繰り出される攻撃を盾で受け、頭上に浮かぶＨＰバーを削りながら、少年は反撃とばかりに渾身の力を込めて槍を振るう。

『キラ、《ユニオンアタック》のCT明けまであと十秒よ、上手く合わせて』

『分かった、行くぞリン！　うおぉぉぉ!!』

美鈴姉――このゲームのアバターの名前に倣って呼ぶなら、リン姉の指示を聞き、キラと呼ばれた少年――またの名を、私のバカお兄こと雛森晃が、モンスターと同じような咆哮を上げながら更に前へと突き進む。

対峙しているのは、緑色の肌をした巨人の戦士。ゴブリンキングという名前の、ボスモンスターらしい。

ゴブリンというと、ファンタジー系のゲームでは雑魚モンスターの代表格みたいなイメージがあるけれど、二人が対峙しているのは見上げるほどの巨体を持ち、人の身長くらいのサイズの斧を振り回していて、すごく強そうだ。

「ふあぁ、すごいなぁ……」

そんな化け物相手に、一歩も退くことなく立ち向かっている姿は、たとえ画面越しの録画映像だと分かっていても思わず感嘆の声が漏れてしまう。

振り下ろされる斧を、その体を盾代わりに受け止め、仲間が作った隙を突いて反撃していくその戦いぶりは、普段あまりこういうRPGをやらない私であっても思わず手に汗握り、意味がないと分かっていても応援したくなってしまう迫力があった。

「ふふふ、そうだろうすごいだろう！　澪もやっと兄の偉大さを分かって――」

「美鈴姉のモンスター達、かっこいいなぁ……」

「ってそっちかい!!」

隣でお兄が何やら騒いでる気がするけど、そんなものはまるっと無視して、私は食い入るように画面を見続ける。

リン姉が指示を飛ばす度、周りにいたリン姉の使役するモンスター達はまるで示し合わせたかのように、タイミング良く一斉にゴブリンキングへと襲い掛かる。

ゲームだからと言われたらそれまでだけど、その一糸乱れぬ動きを見ていると、どうやったらあんな風に育てられるのかすごく気になる。

「だって、どの子もかっこいいし、可愛くない？　ほら、このゴーレムとかがっしりしててイケメンだし、この狼みたいなのとか、もふもふしてて可愛い！」

「お、おう……？　いや、ゴーレムはギリギリ分からなくもないけど……このケルベロス・キメラ、可愛いか……？」

動画を指差しながら熱弁するけど、お兄は首を傾(かし)げて疑問の声を上げる。

確かに狼は狼でも三つ首だし、体は虎、尻尾は蛇、首元にはライオンみたいな鬣(たてがみ)と、色々混ざってごちゃごちゃしてる感はあるけど、よっぽどリン姉に大事に育てられているのか、さっきから一番指示に対する反応が速いし、リン姉を守ろうと一生懸命なのが画面越しでも伝わってきて、とってても健気で可愛い。でも、お兄にはこれが分からないときた。

はあ……やれやれ。

「全く、これだから脳筋(のうきん)お兄は……だからモテないんだよ」

「それとこれとは関係ないだろぉぉぉ!?」

お兄は今年高校二年生だっていうのに、未だに彼女いない歴＝年齢の寂しい独り身だ。

バレンタインのチョコも、私か、幼馴染でお隣さんでもある美鈴姉から義理チョコを貰う程度。

それ以外に貰ったなんて話もほとんど聞いたことがない。

実は私が聞いてないだけで、こっそり貰ってるという線もないことはないけど……前に一度だけ、部活で義理チョコを貰ったっていうだけで、それはもうすごい浮かれて私に散々自慢してきたことがあるから、貰ったのに黙ってるってことはないと思う。

「まあ、お兄がモテないのはこの際どうでもいいとして」

「良くねえよ!?」

「もっと他のモンスターの動画とか撮ってないの?」

お兄の抗議の声はまたまた無視して、私は動画の内容にケチをつける。

今見ていた動画は、つい先週までβ(ベータ)テストをしていた《Magic World Online(マジックワールドオンライン)》
——通称《MWO》のプレイ動画だ。

このゲームは、アポロクラフト社が開発した最新のVRギアを使用し、五感全てを再現した圧倒的な没入感と、高度なAIを搭載したことによるNPC(ノンプレイヤーキャラクター)やモンスター達のリアルな反応が話題を呼んで、ちょっとした社会現象を起こしてるタイトルだ。

βテストも当然のようにとんでもない倍率の応募があったんだけれど、ゲームに関してだけは途方もない情熱と運を発揮するうちのバカお兄は、どんな手を使ったのかきっちり当選して、事あるごとにそのプレイ中の動画を撮って私に見せてくれた。

その中でも、特に私の目を釘付けにしたのが、《MWO》の世界に棲むモンスター達だ。

元々動物好きな私だけど、住んでいるのがマンションなせいでペットが飼えなくて、ずっと携帯ゲーム機のソロプレイ用育成ゲームで我慢してきた。

もちろん、それはそれで楽しくていいんだけど、やっぱり愛情込めて育てている子達と直接触れ合えないというのはかなりもどかしかった。

その点、五感全てを再現した《MWO》なら、調教(テイム)さえしてしまえばいくらでも、好きなだけモンスターと触れ合える。それをお兄から聞いて知った時、私は何がなんでもこのゲームをプレイしたくなった。

お母さんを拝み倒して、お兄にまで協力して貰って、なんとかかんとか自分用のVRギアを入手するところまでこぎつけて、後はもう今日の昼過ぎからの正式サービス開始を待つばかりの状態。

となれば、是非(ぜひ)とも自分が最初に育てるモンスターの目途(めど)くらい立てておきたいんだけど、それを試しにお兄に聞いてみたところ、見せられたのがこの動画だった。

リン姉が使役してたモンスターは確かに可愛いし強いけど、どう考えてもあんなすごそうなモンスターを最初からテイムなんて出来ないだろうし、あまり参考にならない。

そう言うと、お兄はバツが悪そうにポリポリと頬を掻き、苦笑を浮かべた。

「いや、それはそうなんだけどな、俺は純粋な前衛職だし、美鈴も最初に選んだのは《召喚術師(サモナー)》のほうだったから、初心者向けのテイム可能なモンスターってあまり知らないんだよ」

《MWO》でモンスターを使役出来る職業は二つあって、一つは今言った《召喚術師(サモナー)》。そしてもう一つが、私がなろうと思っている《魔物使い(テイマー)》だ。

二つの違いは色々とあるらしいけど、ひとまずプレイヤーと一緒にレベルを上げて育てるのがテイマーで、アイテムなんかを合成して強化していくのがサモナーだって覚えておけばいいとお兄に言われた。

職業は結構簡単に変えられるみたいだし、20レベルになればサブ職業を一つ選んで習得することも出来るから、そこまで深く考えなくていいらしい。

そういうわけで、今までやってきたゲームの関係でレベル制のほうが馴染み深い私は、ひとまずテイマーを選ぶことにしたんだけど、さすがのゲーム馬鹿なお兄でも自分と関係ない職業についてはあまり詳しく知らないらしい。

　なんというか……。

「肝心なところで頼りないなあ、お兄。いつものことだけど」

「ぐはっ!?」

《MWO》をやるなら俺がレクチャーしてやるぜ！　って張り切ってたけど、この分だと重要なところは手探りでやってくしかないかもしれない。まあ、まだ正式サービスも始まってないゲームなんだからそれも仕方ないんだけどね。

　それに、出会いは一期一会とも言うし、最初からどの子をテイムするとか決めるよりも、出会ってびびっ！　と来た子をテイムする感じのほうがきっと楽しい。うん、そう考えると、こういう状況も悪くないと思えてきた。

「まあ、私は適当にやってみるよ。どうしても困ったらまた頼るから、その時は助けてね」

「お、おう！　次こそは兄の威厳を見せつけてやるぜ！」

「大丈夫、お兄に威厳なんて欠片もないから」

「えぇぇ!?」

　両手両膝を突いてがっくりと項垂れるお兄を見てひとしきり笑いながら、私は腕に巻いた腕時計型の携帯端末を見て、今の時刻を確認する。

　十一時四十分……サービス開始が十三時からだから、あと一時間と二十分。お母さんも出張でしばらく帰ってこないし、少し早いけど、そろそろご飯にしようかな。

「お兄、カップラーメンと惣菜パン、どっちがいい？」

「そこは手料理とか作って、女子力見せてくれたりするところじゃないのか？」

「嫌だよ、めんどくさい。私が手料理作るのは可愛いペットにだけだよ！」

「そこは彼氏とかじゃないのかよ！　ていうか、俺の扱いってペット以下!?」

日付は八月一日、夏休み真っ盛り。宿題は七月中に終わらせてあるし、当分はゲーム漬けの日々が送れると思う。

私の初めてのＶＲＭＭＯ、一体どんなモンスターと出会えるのか、どんな子に育ってくれるのか、今から楽しみで仕方ない。

そんな期待に胸を膨らませながら、私は三度騒ぐお兄を無視して、軽い足取りで台所へと向かっていった。

第一章　初心者テイマーと最弱モンスター

『キャラクターネームを入力してください』

お昼ご飯を食べ、適当に時間を潰した後、ついにやってきたサービス開始時間。早速自分の部屋のベッドで横になり、ＶＲギアを被って起動すると、私の意識は無数の光が流れる真っ黒な空間の中にあった。

幻想的というより、どこか機械的で電脳空間らしさを感じるその光景に見惚れていると、頭の中に機械音声のアナウンスが流れて、目の前に入力画面が表示される。

こんなところで悩んでもしょうがないし、いつも携帯ゲーム機でやってる通りに名前そのまま、〝ミオ〟と入力して次に進む。

『容姿を設定してください』

続けて、目の前に私と瓜二つなアバターが現れる。おお、すごい、鏡でも見てるみたい。

試しに身長の項目を弄ってみると、それに合わせて私のアバターが伸び縮みして、身長一〇〇㎝くらいの幼女から、一八〇㎝オーバーの高身長にまで自由に変えられた。うん、なんというか、自分が軟体動物にでもなってるみたいで変な感じ。

それに、ある程度変えると『現実の体格との差異が大きいとゲームでの行動に支障を来す可能性があります』なんて注意書きが浮かび上がってきて、面白半分で弄るのはちょっと躊躇われる。

まあ、学校の同じクラスでは、どっちかというと前から数えたほうが早い私だけど、別にチビってわけじゃないし、これはデフォルトでいいかな。リセットリセットっと。

とはいえ、リアルそのままなんて面白くないし……。

少しだけ悩んだ末に、私は髪の長さを弄り、腰に届くくらいまで伸ばしてみる。

うん、リアルだと手入れが面倒だからってショートにしてるけど、せっかくゲームなんだし普段しないお洒落も悪くないよね。

ついでに、髪の色も黒から銀色に、瞳の色も海を思わせる深い青色に変えた。所謂、銀髪碧眼ってやつだ。

うーん、これだけで、元の素材が私とは思えないくらい見違えるなあ。ぱっと見だけなら、まるでアニメの世界から飛び出してきたお姫様に見えなくもない。服装が、駆け出し感丸出しの貧相な冒険者装備でなければだけど。

まあ、別に私はお姫様になりたくてゲームするわけじゃないし、ある意味これくらいがちょうどいいのかな。

そう思って、決定ボタンをタップしようとして……私は、ある項目に目が留まる。

「こ、これは……」

繰り返すけど、私は別に身長について思うことはない。というか基本的に、自分の見た目には無頓着なほうだと思ってる。

　そんな私ではあるけど、やっぱり周りから何度もからかわれたりしていると、多少なりとコンプレックスくらいは抱くわけで。

「う、うーん……」

　とはいえ、髪の色くらいならともかく、体格の項目でここだけ変えるというのもなんだか気にしてるみたいで、負けた気分になる。

　でも、こういう時くらいしか、それを払拭（ふっしょく）する手段がないのも事実。私の体は、いくら食べても肉が付いてくれないし。

　うん、そうだよね、ゲームの中だもんね。ちょっとくらい見栄張ったって、罰は当たらないよね？

「よし、やっちゃえ!!」

　そんな風に自分に言い訳しながら、私は最後の最後にその項目――『胸の大きさ』をなるべく大きなサイズに変更して、勢いよく決定ボタンをタップした。

『これで設定は完了です。ようこそ、幻想と魔法が織りなす世界へ』

　最後にそうアナウンスされると同時に、黒かった空間が一瞬だけ真っ白な光で満たされる。

　突然の眩しさに思わず目を瞑（つぶ）ると、私の体を一瞬の浮遊感が襲い――

「んっ……わ、わあぁ……！」

　目を開けてみると、そこにはよくある中世ファンタジー風の街並みが広がっていた。

今いる場所は街の広場なのか、綺麗に立ち並ぶ石造りの建物も、街を行き交う人達もよく見える。

「ゲームの中ってこんな風になってるんだ……すごいなぁ」

きょろきょろと周りを見渡すと、真後ろには大きくて青い、ひし形を立体にしたような物体が宙に浮いた状態でゆっくりと回転していて、時々ぴかっ！　と光ると私と同じような恰好をした人が光に包まれ現れる。多分、私と同じように《ＭＷＯ》にログインしてきたプレイヤーだと思う。

話題のゲームのサービス開始直後なだけあって、見ていると結構な頻度でプレイヤーがログインしてくる。あまりここにいても邪魔だろうと思い、私はそそくさとその場を離れる。

そんな些細な移動の中でも、石畳を踏みしめる足の感覚や、どこからともなく漂ってくる屋台の美味しそうな匂いなんかが感じられて、五感全てというのが嘘でも誇張でもなかったんだと改めて実感した。

それに何より……。

「……本当に揺れるんだ」

ぷるんぷるん。

私が駆け足で一歩踏みしめるごとに、私の胸にある二つの膨らみが揺れ動く。

ふふふ、ついに私も手に入れてしまったようだ、この禁断の果実を……！　これで、みんなから絶壁だのつるぺただのとバカにされなくて済む！　ゲームの中限定だけどね!!　……あれ、おかしいな、なんだか涙が……。

そんな風に、少しばかりいつもと違う体の特徴に一喜一憂しながら、私は広場の隅っこに設置してあったベンチに腰を下ろし、手を軽く振ってメニュー画面を呼び出す。

「あ、チュートリアル始まった」

すると、それに連動して頭の中にアナウンスが響き、メニュー画面の説明と、職業選択やスキルの習得、レベルやステータスについてレクチャーが始まる。

《MWO》では、職業の他にもレベルアップで得たスキルポイントを使ってスキルを習得し、各自五つあるスキルスロットに自由にセットすることが出来る。このスキルの組み合わせによって、同じ職業でもプレイヤーごとに個性が出るんだと、前にお兄が長々と語っていたことを簡潔に説明してくれた。

そしてステータスは、HPとMP、それから、物理攻撃力のATK（アタック）、物理防御力のDEF（ディフェンス）、敏捷（びんしょう）力のAGI（アジリティ）、魔法攻撃力のINT（インテリジェンス）、魔法防御力のMIND（マインド）、器用度のDEX（デクステリティ）が職業ごとの基礎ステータスとして決まっていて、それに各種スキルによる補正が入る。

私がなろうとしてる《魔物使い（テイマー）》は、モンスターをパーティメンバーとして戦闘に参加させられる《使役（しえき）》スキルを習得出来る代わり、全体的にステータスが控えめだった。けど、それこそ自分の弱さなんてモンスターに補って貰えばいいんだし、さっさとテイマーを選んで決定する。

「わっ、なんか来た」

職業を決めると、インベントリに何かアイテムボックスが送られてきた。

早速開けてみると、中に入ってたのはテイマー用の初期アイテム一式。《蔓（つる）の鞭（むち）》が一つ、《魔物（まもの）

の餌》が五つ、《初心者用HPポーション》が五つ、《スキルポイントの書》が五つ。

まあHPポーションは分かる。餌も、テイムしたモンスターに使うのか、そうじゃなきゃテイムするのに使うのかのどっちかだと思う。あと、《スキルポイントの書》は、名前からしてスキルポイントが貰えるアイテムかな？　ちょうどスキルスロットも五つだし。

……ただ、《蔓の鞭》って何？　確かに獣使いは鞭使いのイメージもあるけど、でもなんで蔓？

まさか本当に植物の蔓ってことはないよね？

試しに、チュートリアルで習った通りにメニューから装備画面を開き、《蔓の鞭》を装備してみる。

「……蔓だこれ！」

なんで!?　初心者用装備だからあんまり強い装備じゃないのは分かるけど、だからってなんで蔓!?　せめてもうちょっと武器っぽいのにしてくれない!?

と、心の中で叫びながらふと顔を上げると、私と同じようにログインしたばかりのプレイヤーが、木の枝みたいな棒きれを持って打ちひしがれてた。

……まさか、あれも武器？　いやいや、そんなバカな……って、私の手にあるのも似たような感じだから、あり得るのかな……？

「い、いや、私はモンスターをテイムしに来たんだから、私自身の武器なんてなんでもいい！」

そう自分に言い聞かせた私は、ひとまず《スキルポイントの書》を使って、スキルを習得することにした。

テイマーといえど、スキルを習得しないことにはテイムも出来ない。それは事前にお兄から聞いていたから分かってる。

インベントリから《スキルポイントの書》を全て取り出して使用し、ポイントを5つ得る。そうしたら、それを2ポイント消費して、モンスターをテイムさせられる《調教》スキルと、テイムしたモンスターを戦闘に参加させられるテイマー限定のスキル、《使役》を習得し、スキルスロットにセットする。

名前：ミオ　職業：魔物使い　Lv1

HP：60／60　MP：50／50

ATK：40　DEF：60　AGI：60　INT：50　MIND：60

DEX：80　SP：3

スキル：《調教Lv1》《使役Lv1》

「よし、これでモンスターをテイム出来る！」

初期装備が《蔓の鞭》なんて残念感丸出しな感じだったけど、テイマーはモンスターを育ててなんぼ。モンスターがいれば何も怖くない！

SP(スキルポイント)はまだ余ってるけど、どんなモンスターがテイム出来るのか分からないし、それをはっきりさせてから選んだほうがいいかな。

「早速モンスター探しだ！　待っててね、私のモンスター！」

そうして気合を入れながら、私はマップを確認して街の外へと向かう。

今日はひとまず自力で進めてみるとお兄には言ってあるから、特に待ち合わせも何もない。私は意気揚々と、街の外へ向けて歩き出した。

早速モンスターをテイムするためやってきたのは、始まりの街《グライセ》の東側にある原っぱみたいなフィールド、通称《東の平原(ひがしのへいげん)》。うん、そのまんまだね。

始まりの街の周りには四つのフィールドがあるんだけど、ここは非好戦的(ノンアクティブ)なモンスターが多くいて、かなり奥まで進まないと経験値効率が悪いのもあってか、他のプレイヤーの姿もない。

穏やかな風が吹き抜け、くるぶしほどの高さの草むらがなびく。

そんな長閑(のどか)な光景の中を、のっしのっしと歩くモンスターの姿が見えた。

全身を長いふさふさの毛で覆われた、小型のゾウのようなモンスター。その名前は、マンムー。

小型と言っても私の胸の高さくらいはあるし、ゾウ型のモンスターなだけあって力も強そうだけど、その頭上に浮かび上がる逆三角錐(すい)のマーカーは黄色。お兄から聞いていた通り、ノンアクティブモンスターだった。

「うわぁ、可愛いーー!!」

そんなマンムーを見た私は、迷わず駆け寄ってマンムーに思い切り抱き着いた。

同時に、ぼふっと顔を毛の中に埋め、これまで画面越しで想像するしかなかった感触を味わい尽くすように、全力ですりすりする。

「うへへへぇ、いい匂い～」

もふもふした毛触りに、マンムー自身の体温。更には匂いまで、とてもゲームの中とは思えないくらいリアルにその存在を感じられる。

はあぁ、幸せぇ……もう今日はずっとこうしててもいいかも……。

「ブモォ!!」

「ふぎゃ!?」

そんなことを考えてたら、マンムーが急に雄叫びを上げて足を振り上げ、私の体が軽々と蹴飛ばされた。

視界の端に表示されてた私のＨＰゲージがガクンッと減って、一気に半分近くまで削られる。

あれ、ノンアクティブモンスターは私が攻撃するまで攻撃してこないんじゃなかったの!?　なんで!?

そんなことを考えながら、蹴飛ばされた勢いでゴロゴロ転がり、やっと落ち着いたところで慌てて顔を上げると……マンムーは、私のほうを一瞥(いちべつ)した後、ぷいっと顔を背け、むしゃむしゃと足元の草を食べ始めた。

「あたた……ご飯中だったんだ、ごめんね、気付かなくて」

どうやら、ご飯中に私が急に抱き着いたもんだから、邪魔されたと思って怒っただけみたい。

うん、それは怒るよね、ちょっと初めてのリアルなVRで気持ちが昂りすぎてたかも。反省反省。

「けど、本当に、何かするとちゃんと反応してくれるんだ……」

高性能なAIを搭載したゲームとは聞いていたけれど、さっきの苛立ったような鳴き声といい、今の私から距離を置いて警戒している空気といい、すごくリアルだ。マンムーに嫌われちゃったのは悲しいけど、それはそれとしてすごく感動した。これは、期待以上かも。

「でも、まずはテイムに成功しなきゃ意味ないよね」

とはいえ、このままモンスターに嫌われるばっかりじゃ当初の目的が果たせない。なんとかモンスターをテイムして、合法的に可愛がらないと。

「マンムーは……今日は無理そうだね」

敵……とまでは言わないけど、かなり嫌われてしまったみたいで、抱き着いた子だけでなく他のマンムーも私のほうに近づいてこようとはしない。

食べ物の恨みは恐ろしい……別に横取りしたわけでもないけど。

と、そんなことを考えながら、がっくりと肩を落として溜息を吐いていると、足元で何かが蠢く気配がした。

「んん？」

目を向けてみると、そこにはこれまた一匹のノンアクティブモンスターがいた。

大きさはサッカーボールより気持ち小さい程度。ぷるぷるとしたゼリー状の体は動く度に波打って、触ると気持ち良さそう。それでいて、私の足にすりすりと擦り寄ってくる様はなんとも小動物みたいで可愛らしい。

「この子、ひょっとして……スライム？」

恐らく、ゲームをやったことがない人でさえ知っているほどの有名モンスターであると同時に、最弱の代名詞でもあるモンスター。このゲームでスライムが強いかどうかは分からないけど、少なくとも始まりの街のすぐ傍で、ノンアクティブモンスターとして出てくるってことは、この子は強くないと思う。元々、《東の平原》はそういう弱いモンスターが多くいる場所だし。

「えへへ……」

けど、私にとって元の強さなんて二の次。可愛いと思えるかどうかが一番大事だ。強さは愛で賄ってあげてこそのテイマーだと思ってる。

とはいえ、ここでまた感情に任せて抱き着いたりすると、せっかく自分から寄ってきてくれたのにまた嫌われるかもしれない。

ここは、古典的だけど餌で釣るとしよう。

「ほら、スライムちゃん、ご飯だよ～」

インベントリから《魔物の餌》を取り出してしゃがみ込み、掌に載せた状態でスライムの傍に持っていく。

目も口もないけれど、私の手の上に載った餌に気付いたのか、スライムの意識がそちらに移ったのがなんとなく分かる。

興味を持ってくれるかどうか、ドキドキしながら待っていると、スライムはその体の一部を触手のように伸ばして、私の掌の上にあったブロック状の餌をその体内に取り込んでいった。

「おおっ、食べた！」

半透明な体に取り込まれて、消化の様子も見えたりするのかと思ったけど、取り込まれた傍から光に包まれて消えていったから、さすがにそこまでは分からなかった。

けど、消えると同時にスライムのぷるぷるボディがぷるんっと揺れて、その全身で喜びの感情を表現してる。

「えへへ、美味しかった？　なら、もっと食べる？」

新しくもう一つの餌を取り出すと、今度は躊躇いなくすぐにパクついて、ぷるるんっと嬉しそうに体を揺らしながら取り込んでいく。

「えへへ……可愛い……」

掴みはオッケー。というわけで軽く撫でてみると、スライムの体はひんやりと気持ち良くて、ぷるぷると少し弾力のある感触が返ってくる。

今度はちゃんと餌で好感度を稼いだからか、特に嫌がられることもなく、スライムは撫でられるままに身を任せてくれた。

「はあぁ……最高……っと、いけないいけない、テイムしに来たんだった」

スライムを撫でて満足しかけてたけど、ここでテイムしておけばもっとたくさんスキンシップを取れるのを思い出して、慌ててステータス画面を開き、《調教》スキルがセットされてることを確認する。

「えーっと、確か……テイムはモンスターを弱らせるか、一定以上好感度を稼いだ後に使うと成功率が高い、だっけ……」

お兄から教えて貰ったことを反芻し、改めてスライムのほうを見る。

少なくとも、弱ってはいない。けど、これだけ傍でなでなでして、全く逃げる様子もないんだし、好感度が低いわけじゃないと思う。

けど、なんだか調教って字面があれだからか、なんとなく勝手にやるのも悪い気がして、気付けば目の前のスライムに問いかけていた。

「ねえ、スライムちゃん、私と一緒に冒険しない？」

スライムは喋れないみたいで、答えはない。けどその代わり、ぷるんっと軽く震えて、なんだか首を傾げているような、そんな雰囲気が伝わってきた。

「あはは、分かんないか。じゃあ、友達はどう？　私と友達になって欲しいな」

そう言い直すと、今度はぷるんっ！　と一際強く波打って、私の手に擦り寄ってきた。

何を言いたいかは分からないけど、好意的な感情を向けてくれてるのはなんとなく分かる。

「うん、じゃあ行くよ！　……《テイム》！」

擦りついてくるままに、頭（？）に手を置いて、スキルの発動キーを唱える。

それと同時に、私の掌から出た光がスライムを包み込んで――

『《ミニスライム》が仲間になりました　名前を決めてください』

インフォメーションが流れて、テイムの成功を伝えてくれた。

「やった！　私の《MWO》初ペットだ！」

ここまで来れば遠慮はいらないとばかりに抱き上げ、ぴっぴっぴっと空中に現れたウインドウに名前を打ち込む。

じっくり考えてもいいんだけど、こういうのはインスピレーションが大事だから、ぱっと思いついたこれにしよう。

「これからよろしくねっ、《ライム》！」

ぎゅっと抱きしめたその子を、今付けてあげたばかりの名で呼びながらなでなでする。

そんな私のスキンシップを嫌がることもなく、ぷるぷるっと嬉しそうに震えながら、ライムは私の使役モンスターになった。

「えーっと、ライムってどんなスキル覚えてるんだろ……」
初テイムに浮かれて、草原で一人ライムをぷにぷにぎゅうぎゅうなでなでと、存分にモフり倒してひとまず満足した私は、ライムのステータスを確認しておこうと、ステータス画面からライムの

項目を呼び出す。

名前：ライム　種族：ミニスライム　Lv1
HP：30／30　MP：30／20
ATK：20　DEF：30　AGI：10　INT：15　MIND：12
DEX：16

スキル：《酸液(さんえき)Lv1》《収納(しゅうのう)Lv1》《悪食(あくじき)Lv1》

ふむふむ。

とりあえず、ステータスがものすごく低いのは一旦横に置いておくとして……肝心のスキルは、名前でなんとなく意味は分かるけど、どんな効果だろう？　このゲーム、スキルの説明がざっくりとしか書いてないから、実際使ってみないとどういうのかよく分からないんだよね。ひとまず、色々試して分からなかったらお兄に聞いてみればいいかな。

「とりあえず、ライム、《酸液》って出せる？」

地面にライムを置いて聞いてみると、ぷるんっと肯定するように震えた後、体の表面からでろ～っと何かの液体が滲(にじ)み出てきた。

うん、なんというか……地味！　多分これがミニスライムの攻撃手段なんだろうけど、すっごい地味！

ま、まあ、使ってみたら意外と強いのかもしれないし、これも検証は後回しに……。

次は、《収納》。まあ、見るからに、アイテムを私の代わりに持っててくれるとか、そんな感じのスキルだよね。ライムのステータスの下に、インベントリと同じようなアイテム欄が付いてるし。一マス分だけだけど。

「とりあえず、ライム、これ《収納》って出来る？」

魔物の餌は見せたら食べられちゃいそうだから、試しに《初心者用ＨＰポーション》を一つ取り出して、ライムに聞いてみる。

すると、さっき魔物の餌をあげてた時と同じように、触手を伸ばしてぱくっとポーションを体の中に取り込んでいった。

……これ、大丈夫だよね？　まさか瓶ごと食べちゃったとかじゃないよね？

そんな不安を抱きつつも、ステータス画面を見ればちゃんとライムのアイテム欄に《初心者用ＨＰポーション》のアイコンが出来ていた。うん、良かった、《悪食》なんて効果のよく分からないスキルもあるし、ちょっと心配しちゃった。

「あ、そういえば、私ＨＰ減ったままだった。ライム、今渡したポーション頂戴」

マンムーに蹴っ飛ばされてそのままだったことを思い出して、私はライムに掌を向ける。

すると、ぷっ、と擬音が付きそうな感じに、ポーションの瓶がライムの体から飛び出てきて、私の掌の上に綺麗に載った。

「えへへ、ありがとうライム」

ひとしきり撫でてお礼を言った後、蓋を開けて瓶の中身を一気に呷る。

「うーん……緑茶味？」

緑っぽいその色に違わず（？）、《初心者用HPポーション》の味はなんだか緑茶っぽかった。

ちょっとした苦みが口の中を満たし、視界の端に移るHPゲージが満タンになるまで回復する。

聞いてた通り、味もちゃんとあるんだなぁ……と、そんなことを考えながら味わってると、ふと視線（？）を感じてライムのほうに目を向けた。

「どうしたの？　ライム」

問いかけてみるも、反応はない。

代わりに、なんとなくだけど、ライムが見てるのは私じゃなくて、私の手にあるポーションの瓶のような気がしてきた。

「……もしかして、ポーション飲みたいの？」

ぷるんっ！　と、今度は肯定するように体が揺れる。

ふむ……HPは減ってないけど、まあ、ライムが食べたいって言うなら、いいかな？

「ふふっ、じゃあ、はい。これあげるね」

インベントリからもう一本の初心者用HPポーションを取り出し、ライムの前に置く。

と、そこで、よく考えたらライムじゃ瓶の蓋を開けられないことに気付いて、私は開けてあげようかと再度手を伸ばして……

「えっ」

それより先に、ライムはパクッとポーションを瓶ごと丸呑みしちゃった……って、えぇぇ!?

「ちょっ、ライム!?　瓶は食べちゃダメだって、ぺっ、しなさい、ぺっ！」

慌ててライムのアイテム欄を見てみたけど、やっぱり《収納》スキルで取り込んだわけじゃないみたい。

ていうことは、やっぱり食べたってことだよね？　だ、大丈夫かな？　何か悪い影響とか……それとも、ゲームだから取り込んだ時点で瓶も消えてるとか？　ライムの丸呑みで驚いたせいで気付かなかったけど、私が飲んだ空き瓶もいつの間にか消えてるし。

と、そんな風に軽く混乱していたら、ライムはまたも私に擦り寄って、ぷるぷると波打ちながらおかわりを要求してきた。

「わっとっと、分かった、分かったよライム、だから落ち着いてってて」

とりあえず、手持ちにある魔物の餌とポーションを、おねだりされるままに順番にライムに与えていく。

ただ、ライムは私の想像以上の大飯喰らいだった。

魔物の餌もポーションも、一つ一つなら分かるんだけど、それぞれ二つも三つもとなると、もうライムの質量超えるくらい食べて飲んでしてる気がするんだけど、全然食欲が落ちる気配がない。

しかも、瓶ごと丸呑みは良くないかと思って蓋を開けて飲ませてあげると、瓶も食べたいとばかりに触手を伸ばしておねだりしてくる。体に悪そうだけど、いいのかな？　まあ、これだけ食べて何もないってことは、いいんだろうけど……

うーん、どれだけ食べてもライムが太ったりする気配がないことといい、ゲームの世界ってやっぱり不思議だなぁ。うん、これぞファンタジー？

「……って、調子に乗って全部食べさせちゃったけど、大丈夫かな？」

気持ちいいくらいパクパクと食べるライムに釣られて、もうインベントリにあった魔物の餌も初心者用ポーションもなくなっちゃった。

ライムがぷるぷると嬉しそうにしてるからいいんだけど、私、ＶＲＭＭＯは初めてだし、回復アイテムもなしにちゃんと次の餌代も稼げるかちょっと心配になる。

「まあ、なるようになるよね」

とりあえず、私自身も戦えるように、《スキルポイントの書》を使って《鞭》スキルを習得する。

……正直、《蔓の鞭》なんてＡＴＫが１しかないし、いくら初期装備とはいえ貧弱すぎる気がするけど、かと言って他に使いたい武器があるわけでもないし、ひとまずこれでいいや。

そうして準備が出来た私は、ライムを抱き上げてふんすっ、と気合を入れ直す。

「さてと！　ライム、働かざる者食うべからずだからね、一緒にモンスター狩りに行くよ！」

ぷるんっ！　と、たっぷりご飯を食べて元気いっぱいのライムが気合十分といった感じに返事してくれる。

どうやらライムも、モンスターを狩らないとご飯にありつけなくなることくらいは分かってるみたい。

「さて、それじゃあ何を狩ろうかな……」

ひとまず周りを見渡せば、この辺りにいるのはライムと同じミニスライムか、さっき嫌われちゃったマンムーかの二択。

けど、さすがにライムと全く同じ種類のスライムを狩るのは抵抗があるし、マンムーもさっきの蹴りの威力を思えば、あまり怒らせるのは得策じゃないと思う。そうでなくても、襲い掛かってくるでもないモンスターを狩るのはなんかヤだしね。

「となると、もうちょっと奥まで進まなきゃダメかな」

この辺りはノンアクティブモンスターばっかりだって聞いたし、攻撃的（アクティブ）なモンスターが出るところまで一息に進んじゃおう。

そう決めた私は、ライムを抱いたまままずんずんと草原の先へ向かって歩いていく。

そうして街から離れていくと、段々草むらを跳ねて移動するミニスライムの姿が見えなくなり、マンムーの姿が増えていく。

そして、その姿も減ってきた頃……。

「あ、出た！」

ようやく姿を現したのは、緑色の体色をした一体のゴブリン。

粗末な剣（と言っても、私の蔓の鞭よりよっぽど強そうだけど）を片手に持って、私を見るなり襲い掛かってくる様は、ニタっとした醜悪な笑みも相まって軽くホラーだ。

美鈴姉が連れてたゴブリンはもうちょっと可愛げがあったんだけど……うーん、ちゃんと育てればこの子もああなるのかなぁ？　まあ、今はそこまでする余裕はないけど。

「来るよ、ライム！」

ライムを地面に置いて、私は蔓の鞭を構える。

それに合わせて、ライムも気合十分とばかりにぷるんっ！　と体を震わせ、ぴょこぴょこと飛び跳ねてゴブリンに飛び掛かった。

「ギヒッ!!」

それを見たゴブリンが、飛び掛かるライムに向けて剣を振り下ろす。そして……。

パリンッ。

「えっ」

ゴブリンの剣をまともに受けたライムは、一撃でポリゴンの欠片となって消えていった。

ちょっ、一撃!?　いくらミニスライムが弱いからって、このゴブリンも《グライセ》周辺にいる序盤モンスターでしょ!?　うそぉ!?

「ら、ライムーー!?」

一応、テイムされたモンスターは戦闘でＨＰが0になっても、そのレベル×三分の時間が経てば復活出来る。だから、ライムのことは心配しなくても大丈夫なんだけど、あまりの出来事に私は呆然と立ち尽くしてしまい、ゴブリンにまんまと接近を許してしまった。

「ギヒヒッ！」

「わわっ!?」

ゴブリンの凶刃が迫り、慌てて躱そうとした私の肩口を切り裂く。

痛みはないけど、背筋がぞわっとするような悪寒と軽い衝撃が肩から全身に伝わり、ＨＰが一気に二割くらい削られた。

「ヒヒャー！」

「もうっ、あんまり調子に乗らないでよね！」

あたふたと、傍目からすると危なっかしいと思われそうな動きで距離を取りながら、私は蔓の鞭を構えゴブリンに向き直る。

さて、武器があると言っても、私の運動神経なんてクラスの女子の中に限ってようやく中の上程度。お兄みたいにゲームの中でならいくらでもハッスル出来る廃ゲーマーってわけでもないし、こんな貧相な武器一つでどうにかなるわけはない。

でも、そこはちゃんとゲームなだけあって、運動神経なんて関係なしに出来る攻撃もある。

「《バインドウィップ》!!」

私が蔓の鞭を振ると、それに合わせて先端が生き物みたいにひとりでに動いて、ゴブリンに向かって伸びていき、その体に巻き付く。

これは、《鞭》スキルレベル１で使える、唯一のアーツ。アーツは所謂必殺技みたいなやつで、普通に攻撃するのと違ってＭＰを少し消費する代わり、システムの動作アシストが入るから、素人でも問題なく効果を発揮出来る。

ただ、逆に言うと、システムに設定された以上の効果は発揮出来ないわけで。

「……もしかして、縛って、それで終わり？」

《バインドウィップ》は遺憾なくその効果を発揮して、ゴブリンを縛り上げてその行動を封じた。

けど、私の鞭はそれで使用不能になったし、ライムがいない以上他の攻撃手段も持ち合わせてない。これ、どうすればいいんだろう？

と、そんなことを考えながらゴブリンとにらめっこをしているうちに、《バインドウィップ》はその効果時間が終了して、ゴブリンは自由を取り戻した。当然、縛られただけだからダメージは受けてない。

「あぁーーもう！　こんなことならライムが攻撃する前に使えばよかったーーー!!」

まだ使ったことなかったから、《バインドウィップ》の効果を知らなかったせいとはいえ、失敗した！

ライムが攻撃するより前に使っていれば、ゴブリンの動きを封じているところをライムに飛び掛かって貰うことも出来たけど、今それを考えても後の祭り。ライムはいないし、私には今のアーツ以外に使える技もない。

「来ないでよー!!」

そんな私に向け、ゴブリンはニタァっと醜悪な笑みを浮かべ、手にした剣を振りかぶる。

叫ぶも、ゴブリンがそんな言葉を聞いてくれるわけもなく。剣を真っ直ぐに振り下ろし――

「よっと」

「ギヒッ!?」

その前に、私の後ろから伸びてきた金属の槍に貫かれて、ゴブリンは一瞬でポリゴンの欠片を撒き散らして消え去った。

「えっ」

突然の事態に、何が起きたのか分からないまま私は呆然と立ち尽くす。

そんな私の肩に、ポンっと手が載せられて、びくっと体を震わせる。

「澪、だよな？　大丈夫か？」

「お……お兄……」

振り返ってみれば、そこには全身金属鎧に身を包んだ甲冑騎士姿のお兄が、不思議そうな顔をして立っていた。

◆◆◆

動画で散々見せられた、見るからに重そうな金属鎧に身を包んで、大きな盾と槍を持った重騎士のアバター、キラ。

βテストと同じアバターで来るのは知ってたけど、データ自体は引き継げないから、最初はレベル上げも兼ねて《西の森》で狩りをするって言ってたはずなんだけど。

それに何より、今のこの絶好の登場タイミング……。

「もしかして、出るタイミング窺ってた？」

「ち、違うぞ⁉　人の戦闘に介入するのはマナー違反だし、俺と違ってお前は結構見た目が違ってたから確証が持てなかっただけで……！」

「あー……」

確かに、髪の色をちょっと黒から茶色に変えただけのお兄と違って、私は髪型から髪と瞳の色、更に胸の大きさまで変えてて、ぱっと見じゃとても私だなんて気付けない感じになってる。この場合、むしろ後ろ姿だけで私だって気付いたお兄がすごい。

「まあいいや、助けてくれてありがと、お兄。それで、なんでこっちに？　お兄は《西の森》に向かうって言ってなかった？」

「え？　ああ、それはだな……澪がちゃんとゲーム進められてるか様子を見に来たんだよ」

この《東の森（ひがしのもり）》が初心者向けのエリアなのはお兄から教えて貰った情報だし、そういうことならここにいてもおかしくないかな。

「けど澪、そのアバター……」

「な、何よ」

お兄の視線が、改めて私の体を上から下まで一瞥する。

そして、一言。

「やっぱりお前、胸小さいの気にして……あぶっ⁉」

「うっさいバカお兄！　ちょっと気分変えてみたかっただけだよ！」

手に持った蔓の鞭を操り、思いっきりお兄の顔面目掛けて叩きつける。

クラスメイトとかならまだしも、お兄にそう思われるのはなんだかものっすごい嫌だ。別に何か悪いことがあるわけじゃないのは分かってるけど、でもやっぱり嫌だ。

「ちょっ、おまっ、街の外だと武器での攻撃はプレイヤーにもダメージ判定あるんだぞ！　これで死んだらPK（プレイヤーキル）だからな!?」

「お兄がバカなこと言うからでしょ！」

金属鎧に身を包んだお兄だけど、そこはこだわりなのか趣味なのか、頭だけはむき出しだから、そこをひっぱたけばこんな貧弱な武器でも普通にダメージが通る。

とはいえ、所詮はレベル1のスキルで、慣れてもいない武器を振り回してそう上手く打ち込めるわけもなく。二、三回叩いてもお兄のHPは一割程度しか削れてない。

「わ、悪かった、悪かったって！　とりあえず落ち着け！」

「全く……」

とはいえ、本気で怒ってるわけでもないのにこれ以上するのもなんだし、ひとまず鞭を引っ込める。

やれやれ、お兄は相変わらずデリカシーがないんだから。

「と、それはそうと、澪、フレンド登録しておこうぜ。アバターネームは？」

「ミオだよ」

「まんまかよ」

「お兄だって似たようなもんでしょ、晃だからキラって」

そんな風にお互いの名前のことであーだこーだと言いつつ、フレンド登録を済ませる。

フレンド情報には、プレイヤーネームと現在地、今就いてる職業と、そのレベルが記載されていて、お兄は思った通り、β版時代と変わらず《戦士》。しかも、レベルは早くも5に達していた。

私、今のゴブリンでやっと経験値入ったところなんだけど……しかも、HP全く削ってなかったからか、レベル上がってないし。

まあ、廃ゲーマーなお兄と比べてもしょうがないか。

「それにしてもミオ、お前やっぱり《魔物使い》になったんだな。使役するモンスターはまだ決まってないのか？　なんなら手伝ってもいいけど……」

「え？　ああ、もうテイムは終わってるよ。今はちょっとゴブリンに倒されちゃったから……そろそろ呼べるかな？」

一度倒された使役モンスターは、復帰可能になるまではインベントリの中にいる。

それを確認すると、もう三分経ってライムは蘇生可能になっていたから、タップして呼び戻す。

「ゴブリンに……？　まあ、レベル1で挑めばそんなことも……？」

首を傾げるお兄の前に、光が集まる。それが弾けると同時に、ぷるんっと中からライムが現れて、私の腕の中に納まった。

「ミニスライムのライムだよ、ほら、挨拶してー」

そう言うと、ライムはぷるるんっ！　と、お兄に向けて存在をアピールするかのように体を揺らす。

「ん〜！　やっぱりライム可愛い〜！」

その愛らしい仕草に、ぎゅっと抱きしめながらすりすりと頬擦りを重ねる。

そんな私達とは対照的に、なぜかお兄は呆然とこちらを見つめたまま口をあんぐりと開けて固まっていた。

「どうしたのお兄、ライムの可愛さを前にして羨ましくなっちゃった？」

「いや……そうか、ミニスライムか……お前、よりによってミニスライムを選んだか……」

「ミニスライムがどうかした？」

いつも、どっちかというと一言多いお兄が、ものすごく言いづらそうにもごもごしてる姿に首を傾げる。

ライム……というより、ミニスライムそのものに対して口ごもるってことは、やっぱりそういうことなのかな……？

「一応俺も、始める前に少し調べてみたんだけどな。ミニスライムはな、ぶっちゃけテイマーが使役するモンスターとしては最弱だ。いや、ただ最弱なだけならまだいいけど、特に生産や採取で使えるスキルもないし、ぶっちゃけ使い道がない」

そんな私の予感は外れることなく、意を決したように開かれたお兄の口からは辛辣(しんらつ)な評価が下される。

それくらいなら、まあ最初から予想出来たことだったけど、でも、お兄の話はまだ終わってなかった。

「しかも、ただ使えないだけじゃなくて、《悪食》スキルの効果でどんなアイテムでも食える代わり、満腹度の減少が早くて、それなりの頻度でアイテムを与えてかなきゃならない。満腹度が0になるとHPが減っていっちまうから、与えないわけにもいかないしな。使役モンスターはアイテムを食べると経験値を得られるって言っても微々たるもんだし、餌代ばっかり嵩張ってく」

言われて、改めてライムのステータス画面を見てみれば、確かに緑色のHPゲージ、その下にある青色のMPゲージの更に下に、黄色のゲージがある。

これがなんなのかよく分からなかったけど、満腹度だったんだ。それが、今は全体の九割くらいになってる。

ゲーム開始からまだポーション以外何も口にしてない私を見れば、これも九割くらい。ライム、さっきあんなに食べたばっかりなのに……うん、確かに減るの早いなあ。

「その上だ。普通の使役モンスターはレベルが一定値に達すると進化出来るようになるんだけど、βテストの時にはミニスライムに進化先が見つからなかったらしい。レベル上限が20しかないのもあって、ただの大飯喰らいのペットって感じだったみたいだな」

ライムの体が、少しだけふにゃっと力なく垂れ下がる。

お兄に悪気がないのは分かってる。VRMMOが初めての私のために、わざわざ調べてきてくれたのも分かってる。

けど、こうして腕の中で落ち込んでいくライムを見てると、なんだか段々腹が立ってきた。

「お前が気に入ってるのは分かってるけどな、《調教》スキルでテイム出来る上限はまだ一体だけだろ？　レベル10になればもう一枠増えるんだし、ひとまず今は《リリース》でそいつを逃がして、レベル上がるまでは他のモンスターを使役したらどうだ？　二体目からなら趣味に走っても戦えないわけじゃないし」

「やだ」

お兄からの提案を、私は即行で否定した。

《リリース》は、《調教》スキルで使える二つのアーツの一つで、《テイム》がモンスターをペットにするのに対して、ペットを野に放つためのアーツ。

そんなのをライムに使うなんて、そんなことは絶対に嫌だ。

「そうは言うけど、《調教》スキルは《テイム》と《リリース》を繰り返すか、テイムしたモンスターのレベルを上げていくかしないと育たないぞ？　ミニスライムは戦闘じゃ役に立たないし、同じパーティだったとしても戦闘での貢献度が低いとほとんど経験値が入らない。それでも、やるのか？」

「やるよ」

いつになく真面目に聞いてくるお兄に、私は一片の迷いなく答える。

ここでライムを見捨てるくらいなら、《ＭＷＯ》をやめたほうがマシだ。

「弱いとか役に立たないとか、そんなの勝手に決めつけないで。この子はこれから、私が強くする。他の誰にもバカにされないくらい、強い子にする！　だって私、テイマーだもん！」

育てることが、テイマーの本懐。なら、弱いって言われたくらいで諦めてたら、そんなのテイマーである必要なんてない。

だから、私は強くなる。ライムと一緒に！

「……そうか。なら何も言わない」

ふっと笑い、お兄は槍と盾を持ち直す。

初心者の癖に生意気なこと言って、怒られるかと思ったけど、お兄の表情はむしろどこか嬉しそうだ。

「さて、この後はどうする？　なんなら俺がお前にパワーレベリングしてやってもいいけど？」

「むっ、いらないよ。この子は私の手で育てるの！」

わざとらしく挑発的に提案してくるお兄に、むっと睨みながら否定の言葉を返す。

すると、お兄はついに我慢出来なくなったかのように、声を上げて笑い出した。

「ははは！　分かった、そういうことなら頑張れ。けど、なんか困ったことがあったらいつでも言えよ、その時は力を貸してやる」

「わわっ!?　もう、子供扱いして！」

いきなり私の頭をぐしゃぐしゃと撫で始めたお兄の手から慌てて離れ、私はもう一度、びしっと指を突きつける。

「見てなさいよ、絶対お兄よりすっごいプレイヤーになってやるんだから！」

「おう、楽しみにしてるよ」

くるっと踵(きびす)を返して、お兄は街へ向かって歩いていく。

その後ろ姿をしばらくじっと見ていると、不意に腕の中で、ライムが暴れ始めた。

「わっ、わっ、どうしたのライム？」

少し腕を緩めると、ライムはぷるんっと跳ねて、私の顔に擦り寄ってきた。

よく分からないけど、甘えたいのと……喜んでるのかな？

「えへへ……一緒に頑張ろうね、ライム。絶対、お兄や、他のライムのこと馬鹿にしてる人達を見返してやろう！」

ぷるんっ！　と、一際強く揺れるライムを撫でながら、私は気合を入れ直す。

最初は、ただモンスターをモフモフ出来ればいいと思ってた私だったけど、今ではこうして目標も出来た。

私の初めてのVRMMOライフは、こうして始まった。

「《バインドウィップ》!!」
私の繰り出したアーツによって、《蔓の鞭》がゴブリンに絡みつき、その動きを封じ込める。
「今だよ、ライム！」
ライムがゴブリンの顔面目掛けて飛び掛かり、張り付いたまま《酸液》を発動して、でろ〜っと滲み出てきた液体がゴブリンの体に纏わりつく。

それに合わせて、少しずつゴブリンのＨＰが減っていくけど……うん、減るの遅いなぁ。

「ライム、そろそろ拘束解けるよ、逃げて！」

効果時間が切れそうになったタイミングで、ライムがゴブリンから飛び降りてその場を離れる。

そして《バインドウィップ》の効果が終わり、動けるようになったゴブリンは攻撃していたライム……じゃなく、私目掛けて剣を振るう。

「きゃっ！　今度は私か、もう。ツイてないなぁ」

私じゃなくて逃げるライムを追ってくれれば、追いつく前に背中から鞭を叩き込んでやれたのに。

どういう仕組みかまだよく分からないけど、《バインドウィップ》の拘束が解けた後は、私とライム、どっちを狙うかはランダムみたい。

《バインドウィップ》自体が、ダメージはなくてもヘイトを稼いじゃうのか、それとも拘束中に攻撃された分のヘイトが攻撃した人だけじゃなく私にも向くのか。

ライムと二人だけじゃ余裕もないし調べようがないけど、逃げてるライムならともかく、拘束するために近くにいる私が狙われると避けられないから、ダメージが嵩んですごく厄介だ。

とはいえ、こうして拘束しないとライムが攻撃出来ないし、やるしかないんだけど。

「はあ、ふぅ……なんとか倒せたぁ」

何度も何度もぺちぺちと、剣の間合いの外から叩きつつ逃げつつを繰り返し、時間をかけてなんとかゴブリンを倒す。

それと同時に、私とライムに経験値が入って、レベルが上がったことを示すファンファーレが鳴り響く。
「やっとレベル上がった……覚悟はしてたけど、ゴブリン相手にするのも大変だなぁ」

名前：ミオ　職業：魔物使い　Lv3
HP：23／72　MP：55／60
ATK：42　DEF：62　AGI：62　INT：42　MIND：62
DEX：83　SP：4
スキル：《調教Lv2》《使役Lv2》《鞭Lv4》

名前：ライム　種族：ミニスライム　Lv2
HP：33／33　MP：0／33
ATK：21　DEF：32　AGI：11　INT：16　MIND：13
DEX：17
スキル：《酸液Lv2》《収納Lv1》《悪食Lv1》

一度手前のエリアに戻ってステータスを確認してみれば、こんな感じになってた。

お兄に啖呵を切った後、とりあえず一度街に戻ってアイテムをいくつか買った私は、《東の平原》でゴブリン相手にレベリングに勤しむことにしたんだけど、中々レベルが上がってくれない。

理由は、考えるまでもなく狩りの効率がすこぶる悪いせいだ。

《バインドウィップ》で動きを封じて、その間にライムに取りついて貰い、《酸液》で削るのが今の基本的な戦い方だけど、《酸液》自体、ダメージが低すぎて拘束している間に仕留めきれない。

しかも、《酸液》を使ってる間はライムのMPを消費し続けるみたいで、元々ミニスライムのMPが少ないのもあって、一度の拘束でほとんど底を尽いちゃう。

だから、拘束が終わった後は鞭でゴリ押しになるんだけど……そもそも、私に戦闘のプレイヤースキルなんてないに等しいから、一対一でも結構ギリギリの戦いになる。

だから、前提としてゴブリンと一対一で戦える状況じゃないとダメな上、勝ったとしても、ライムのMPは空っぽ。私も《バインドウィップ》の発動時と効果終了時にある隙を突かれたり、慣れない戦闘で距離感を間違えて攻撃を受けたりして、HPが結構削られる。

それが自然回復するのを待つと時間がかなり取られるし、アイテムに頼ろうとすると《初心者用HPポーション》が30G、《初心者用MPポーション》で50Gもする。

ゴブリンを倒して得られるお金は、精々が3Gとかそんなものだし、一切ドロップしてくれない時も普通にあるから、やたらかかるライムの餌代のことも考えると、下手すれば赤字になりかねない。

その結果として、もう一時間くらいやってるのに、ゴブリンは六体しか倒せなかった。

「うーん、もうちょっとライムのダメージ、増やせないかなぁ」

見てる限り、《酸液》はそれ自体に威力があるんじゃなくて、付着してる間に継続ダメージを与える攻撃みたいで、付着してる量が多いほどダメージ量も増えてく。

けど、ライムが《酸液》を出す時は、時間をかけて全身から滲み出るような感じだから、大量に短時間で付着させようと思ったら、ライム自身が大きくなるか、ライムがたくさんいないといけない。

《分裂》とか《巨大化》とか、そんなスキルでもあればいいんだけど、レベル上がったら覚えないかなぁ……まあ、仮に覚えるんだとしても、ＭＰが少ないからあんまり意味ないかもだけど。

「あとは、やっぱり私の鞭を買い替えるか……」

でも、それはなんだか負けのような気がする。

勿論、《蔓の鞭》なんてダサいし弱いしいずれは買い替えるけど、このゲームは戦闘での活躍度合でパーティ内の経験値配分が変わるみたいだし、ライムが活躍する場も考えずに私だけ強くなったら、ライムとのレベル差が開く一方だ。

それじゃあ、ライムを強くして見返すっていう目標にたどり着けない。

「う～、思いつかな～い！」

うがーっと空に向かって咆えて、平原の草むらに背中から身を投げ出す。

この辺りはマンムーとミニスライムしかいない、事実上の安全地帯だし、モンスターの襲撃を警戒する必要もない。

ゴブリンと戦って減ったＨＰとＭＰの自然回復を待ちつつ、私はのんびりと綺麗に澄み渡る空を眺めていた。

「んっ、どうしたのライム？　お腹空いちゃった？」

しばらくそうしていると、傍らにいたライムが私の体をよじ登り、何かをアピールし始めた。

ステータスを確認してみれば、満腹度が少し減ってきていた。

「もう、ライムは食いしん坊だなぁ」

よいしょっと体を起こし、ライムを膝の上に置くと、インベントリから新しく買った《魔物の餌》を三つ取り出し、ライムに食べさせてあげる。

満腹度ゲージが回復し、満タンになるけど、ライムはまだ物足りなそうだ。

「ダメだよライム、腹八分目にしないとお腹壊すよ？」

そう言って撫でてあげると、少しだけしょんぼりしつつも渋々納得してくれたのか、私の膝の上から降り、隣でぐて～っとだらけ始めた。

どうも、ライムは満腹度がいっぱいになってもまだ食べられるみたいで、おねだりされるままにあげてると、本当に際限なくどんどん食べられちゃう。正直、最初にアイテムを全部食べさせちゃったのは失敗だったかもしれない。

「うーん、強くするのはいいけど、まずは食費をどうにかしないとまずいかも……」

ライム用の《魔物の餌》と、私用……つまりプレイヤー用の《携帯食料》がそれぞれ10Gで買えるけど、今のペースだと正直儲けよりもちょっと安いくらいでしかないし、このままじゃ立ち行かなくなるのが目に見えてる。

《悪食》スキルがあるんだし、倒したゴブリンのドロップアイテムをあげればいいと思うかもしれないけど、ライムはどうも、ドロップアイテムより《魔物の餌》やポーションのほうが好きみたいだし。

もちろん、いざとなれば好き嫌いなんて言ってられないし、なんでも食べて貰うけど、出来ることならライムには好きな食べ物をお腹いっぱい食べさせてあげたい。

となれば、どうするか。

「……私が作ろうかな、ライムの餌」

残った手段は、生産系の《調合》スキルで私がライムの好きな食べ物を作るくらいかな。

これならお金は節約出来るし、色んなアイテムを使えれば、何かライムとの新しい戦い方が閃くかもしれないし。

ちなみに《料理》スキルじゃないのは、ポーション系のアイテムも作れるようになっておけば、狩りの効率を上げられるんじゃないかっていう打算があるからだ。

「よし、そうと決まれば、街に戻ろっか、ライム」

だらけすぎてジェル状の体が水たまりみたいに蕩けてたライムにそう声をかけると、ぷるんっと一瞬で元の丸い体になって、私の胸に飛び込んできた。

そんなライムをひと撫でしつつ、私自身も立ち上がり、街に向けて歩き出す。

「と、そうだ」

そこでふと思い立った私は、メニューを開いて新しく《調合》スキルに加えて、《採取》というスキルを習得した。

これが装備してあると、普通は実際に手に取ってみないとそれと分からない採取アイテムが、離れたところから見ただけで、ただの背景か採取アイテムか見分けられるようになるし、レベルが上がれば一か所から採れる採取量なんかも増えるお得なスキルだ。

ライムの餌のことを抜きにしても、ただでさえ戦闘で稼げない私達には有用なスキルだと思う。

「おおっ、いっぱい見える！」

《採取》スキルを装備してメニュー画面から視界を外してみれば、平原のあちこちに光るポイントが目に付いた。

さっきからずっとこの辺りにいたのに一つも見つけられてなかったし、思った以上に使えるスキルかも。

「どれどれ……？」

試しに、一つのポイントに近づいて注視してみると、そこには確かに、平原の草むらに隠れるようにして、微妙に色合いの違う草が少しだけ生えていた。

うん、これはスキルがないと分かんないよ。

その草を摘んでみると、すぐに消えてなくなって、インベントリに収納された。

確認してみると、ＨＰポーションの原料になる《薬草》が三つ入って……うん？　今摘んだの一つだけだったんだけど、なんで三つ？

そう思って一つだけ分けて取り出してみると、摘んだ時とサイズも形も変わらない薬草が一つ出てきた。もう一つ取り出せば、やっぱり全く同じものが手に収まる。

うーん……不思議だ。

「まあ、こういうのはあれだよね。気にしたら負け！」

ゲームなんだしこんなこともあるよね、と自分を納得させて、私は目に付く採取ポイントを回り、アイテムを拾い集めていった。

「ライム、これ食べる？」

拾い集めた《薬草》を一つ、ライムにあげると、ぷるんっと軽く揺れて取り込まれていく。

「うーん、あんまり美味しくない？」

肯定するようにまたぷるんっと揺れるライムを撫でながら、私はまた戻ってきたグライセの街中を歩いていく。

ゴブリンのドロップアイテムと違って、ライムが気に入ってるポーションの材料なら好きかと思ったんだけど、やっぱり《薬草》をそのままっていうのはお気に召さないみたい。

別に嫌いって感じじゃなさそうだけど、こう……ポーションとかを食べた時に比べて、あまり喜んでないような気がする。

「ふふ、いいよ、ライム。すぐ私が作ってあげるから！」

そう言ってライムを胸に抱き直し、私は街の南区へ向かう。

グライセの街は、東西南北の四つの区画に別れていて、南側は色んなお店が軒を連ねて、ポーションなどの消耗品から、武器防具、果ては食べ物まで、色んな物を売っている商店街みたいな場所だ。

「えーっと、あれはどこだったかな～……っと、あったあった！」

NPCのお店はどれも露店形式で、品物を注視すると簡単な説明文も見れるから、レベリング前に一度訪れていたこともあって目当ての物は結構簡単に見つけられた。

「おじさん、これください！」

「あいよ～、《携帯用調合セット》だね。1500Gだよ」

「高い!?」

今の所持金は1082G、全然足りない。

「え、えーっと、この辺のアイテムって買い取って貰ったり出来ますか？」

とりあえず、今手元にあったゴブリンのドロップアイテムをNPCの店主さんに全て見せる。

持っていたのは、《ゴブリンの角》が三つと、《粗末な剣》が二つ、そして《ゴブリンの核石》が一つだ。

「んー？　そうだな……《ゴブリンの角》は一つ5G、《粗末な剣》は10G、《ゴブリンの核石》は200Gってとこか」

「ぐふっ」

全部合わせて235G……あと183G足りない。

「じゃ、じゃあ、これは!?」

そう言って私が提示したのは、《蔓の鞭》。

これが無くなると私の攻撃手段が無くなっちゃうけど、それでもライムのためなら……！

「あん？　こんなの買い取れねえよ、どうしてもってんなら1Gな」

「えぇー!?」

やっぱりこれ、武器じゃなくてただの蔓だった！

けどどうしよう、これがダメなら、後はさっき採取して集めたアイテムくらいしかないし……

うーん、とりあえずお試しってことで、そんなに多く拾い集めたわけじゃないから、ここで売るとまた集め直しに行かないといけないしなぁ……うぅ、でもしょうがないか。

「ねえ、どうかしたの？」

「へ？」

そんな風に葛藤していると、突然後ろから声をかけられた。

振り返ってみると、そこにいたのは一人のプレイヤー。

私と違って、貧相な初心者用の革装備じゃなく、見るからに上質そうな生地を使って作られた、動きやすそうな服に身を包んだその女の子は、プレイヤーなのに武器の一つも持っていなくて、頭上のカーソルがなければＮＰＣと勘違いしていたかもしれない。

でも、それ以上に私が目を奪われたのは、その大きく発達した胸。

キャラクタークリエイトでちょっとだけ大きく変更した私より更に大きなそれは、果たして現実（リアル）なのか虚構（アバター）なのか。それが何よりも問題だ。

「えっと、私の顔に何か付いてる？」

「ナンデモナイデス」

別に、リアルの代物だったらもぎ取って……げふんげふん、どうやったらそんなに育つのか聞こうだなんて思ってないよ？

「私は買い物しようかと思ってたところなんですけど、何かありました？」

ひとまず内心で渦巻く嫉妬心は脇に置いて、話しかけられた用件を尋ねてみる。

このプレイヤーは私より背が大きいし、年上の可能性があるから一応敬語を使ってみたけど、すぐに「別に畏（かしこ）まらなくていいよ、ゲームなんだしさ」と言ってくれた。

ふぅ、実を言うと私、敬語とか苦手だし、助かったぁ。

「いや、急に叫んだり落ち込んだりしてたから気になってさ。言っちゃなんだけど、目立ってたよ？」

「うぐっ、ご、ごめん、騒がしくて」

自分ではほとんど無意識だったけど、騒いでた自覚がないわけでもないからすぐに頭を下げる。

でも、その人は特に怒っているわけでもないみたいで、「大丈夫大丈夫、あれくらいならまだ普通にいるから」と笑って許してくれた。

ふぅ、良かった。独り言が多いのは常々お兄からも言われてることだし、直さないとなぁとは思うんだけど……うん、中々ね。あはは。

「それで、何買おうとしてたの？」

「えーっと、実は……」

とりあえず悪い人ではなさそうだったから、私がテイマーであることと、ミニスライムをテイムしたこと。それと、《悪食》スキルのせいもあって食費が嵩んで、ひとまずアイテムを自作して食費を浮かすために《調合》スキルを習得したことを一通り話した。

時折ふんふんと相槌を打ちながら話を聞いていた巨乳プレイヤーの人は、ミニスライムの話になった辺りで、じっと私のライムのほうを見る。

「へ～、確かに、テイマーでミニスライムをテイムしてる人なんて、私も初めて見たよ」

「やっぱりそうなの？　こんなに可愛いのになぁ」

ミニスライムは確かに最弱かもしれないし、食費も嵩むし、挙句頑張ってもそれほど強くならないかもしれない。

でも、そんな苦労も、この可愛さを思えば十分補って余りある。可愛いは正義だよ、やっぱり。

「あはは、なるほどね。うん、いいと思うよ、やっぱりゲームなら、自分のしたいようにやるのが一番だしね」

「うんうん、だよねだよね！　だから私、絶対ライムをこのゲーム最強のスライムに育ててやるって決めたんだ！」

「おお、いい目標じゃない、頑張ってね」

「うん！」

お兄でもあんな反応だったし、もしかしたらミニスライムってだけで色々言われるんじゃないかと覚悟してたけど、むしろ肯定的な意見を貰えて私のテンションは否応なく上がる。

味方がいなくってもやり遂げるつもりではあったけど、やっぱり応援してくれる人がいると嬉しい。

「それで、調合セット買いに来たんだよね？　買わないの？」

「いやその、買おうと思ったんだけど、実はお金が足りなくって」

あははっと誤魔化すように笑うと、巨乳の人はふむ、と少し考えるような仕草をして、思いもよらなかった提案をしてくれた。

「そっか、それなら、良ければ私が持ってるのを売ってあげようか？　βテストからの一部アイテムの引き継ぎで、今はもう使ってないやつがあるんだけど」

「ほんと!?　あ、でも、私色々売っても1000Gしか持ってないけど、大丈夫？」

「大丈夫大丈夫、《携帯用調合セット》はそのままNPCショップに売っても700Gにしかならないし。そうね、800Gくらいでどう？」

「うん、いいよ！　ありがとう！」

「それじゃあトレードしよっか。っと、まだ名前聞いてなかったね、なんて言うの？」

「あ、そうだっけ。私はミオ。こっちは相棒のライム。あなたは？」

「私はウルだよ。それじゃあ名前も分かったところで、トレードついでにフレンド登録もしない？」

「うん、いいよ」

　巨乳プレイヤーの人改め、ウルとフレンド登録を交わした後、改めて送られてきたトレード申請を受諾して、８００Ｇと《携帯用調合セット》を交換する。

　これで私の所持金は２００Ｇぽっちになっちゃったけど、有り金全部使い果たしても足りないところだったことを思えば、それでも十分だ。

「これでよしっと。それでミオ、これからどうするの？」

「うーん、とりあえず、集めたアイテムで早速《調合》を試してみようかなって。ウルは？」

「私はしばらく、《北の山脈》のほうで鉱石集めようと思ってる。これでも《鍛冶師》だからね」

「へ～」

　鍛冶師っていうと、筋骨隆々の大男が、大きなハンマーを振り回して金属と格闘するイメージがあったけど、そっか、ゲームなら、ステータスさえ合えば華奢な女の子でも鍛冶仕事出来るんだね。

　まあ、そう言う私も、モンスターに立ち向かうにはちょっとばかり見た目が弱すぎるから、人のこと言えないんだけど。

「それじゃあ、今日のところはこれでお別れかな？　ありがとねウル、私に何が出来るか分からないけど、いつかちゃんとお礼するよ！」

「どういたしまして。まあ、お礼がしたいって言うなら、もしミオが武器とか防具作る時は、私に声かけてくれると嬉しいな。ミオくらい可愛い子が私の装備使ってくれれば、いい宣伝になるし」

「うん、それくらいで良ければ、喜んで！　今はお金ないから無理だけどね」

「知ってるよ」

あははっと、お互いにひとしきり笑い合う。

「それじゃ、またね、ミオ。そのうち一緒にパーティ組んで素材集めにでも行こ？」

「うん、その時はよろしく！　またね、ウル！」

ばいば～い、と手を振る私に合わせて、ライムも私の腕の中で小さく体を伸ばして一緒に振る。

それを見て、ウルもまた笑いながら手を振って、その場を後にしていった。

「さて、それじゃあ私達も行こっか、ライム。これでやっとライムもお腹いっぱい食べれるようになるよ！」

ぷるるんっ！　と、興奮したように一際強く体を震わす現金なライムに苦笑しながら、私は《調合》スキルを試せそうな場所を探して歩き始めた。

けれど、街の中はどこも大抵プレイヤーやＮＰＣが歩き回っていて、歩けども歩けども落ち着いて作業出来そうな場所は見つからない。

そうして仕方なくやってきたのは、またまた《東の平原》。レベリングにも素材集めにも向かない、ある種チュートリアルの続きみたいなこの場所は、人気もないから街中よりずっと集中して作業出来る。

それに、マンムーがのっしのっし歩いて、時々ミニスライムが草むらから飛び跳ねるここの光景は、見てると心が和(なご)んで安らぐし。

「さーて、それじゃあやりますか！」

エリアの隅っこで適当に座って、インベントリから《携帯用調合セット》を取り出し並べる。

セット内容は、片手持ちの乳棒(にゅうぼう)・乳鉢(にゅうばち)と、漉(こ)し器？　や、かき混ぜる棒みたいな、正式名称の分からない物。それから、無限に水が湧いて出る摩訶不思議なビーカーに、燃料もないのに火が点く謎のアルコールランプ。他にも細々した物が入ってるし、取り出したはずのものがなぜかそっくりそのまま中に新しく出現してたりしたけど、ひとまずはそんな感じだった。

一通り並べ終えると、唐突にメニュー画面を開いた時のようにチュートリアルが始まる。そこで、使い方を軽くレクチャーされた私は、満を持して《薬草》を一つ取り出す。

「とりあえずは、普通に作ってみようかな」

装備した《調合》スキルのアシストに従い、乳鉢と乳棒を使って薬草をゴリゴリと擂(す)り潰していく。

「ふんふふんふふ～ん♪」

鼻歌を歌いながらゴリゴリやってると、ライムは気になるのか私の手元に寄ってきて、中を見ようと（？）這い上ってくる。

「ライム、いい子だからもうちょっと待っててね～」

そんなライムを宥めて脇に押しやりつつ、擂り終わった薬草をビーカーに入れて軽く振る。そうすると、まるでビーカーの底から湧き出てくるように、少しずつ水が溜まり始めた。

これだけだと、調合って言うより手品みたいだなぁ、なんてどうでもいいことを考えながら、擂り潰した薬草が水に溶け切るまで、棒を使って混ぜていく。

名称：初心者用HPポーション
効果：HPが50回復する。

「よし、出来た！」

完成したら、ビーカーが消えてキッチリ瓶に入った状態でポーションが現れた。

この瓶どこから出てきたの？　とか、消えたビーカーはどこに？　とか、そういうことは考えたら負けなんだと思う。多分。

「さて、お味のほどは……うん、ちゃんと緑茶だ」

何がちゃんとなのか、自分でもよく分からないけど、ともかく一口飲んでみた感じ、さっき飲んだポーションと同じ味だから問題ないと思う。効果も同じだしね。

「はいライム、お待たせ」

そう言ってポーションを渡すと、待ってましたとばかりにライムが飛び掛かってきて、瓶ごとポーションを取り込んでいく。

ぷるぷると嬉しそうに食べるその様子にほっこりしつつ、私はまた新しい《薬草》を取り出した。

「どうせだから、他にも色々試してみようかな」

まずはシンプルに、一度に使う薬草を二つに増やす。

ゴリゴリゴリゴリ。力を入れて擂り潰した後、さっきと同じだけの水を出して、その中で二つ分の薬草を溶かしていく。

さすがに量が多いからか、中々全部は溶け切らず、少し茶葉（？）が残っちゃったけど、そのまきちんとアイテム化された。

名称：特濃初心者用ＨＰポーション
効果：ＨＰが60回復する。

「おー、効果が上がった」

けど、薬草一つで作ったポーションが一つでＨＰ50回復、二つで１００回復だから、二つ合せて60っていうのはちょっと少ない。

まあ、ストレートに１００回復するアイテムになったらそれはそれでどうかと思うから、妥当なのかな？

「味のほうは……ぶっ！　に、苦っ！　何これ、抹茶!?」

むせそうになるほどの強烈な苦味に、思わず顔を顰(しか)める。

抹茶は以前、お母さんに付き合って茶道教室の体験会に行った時に飲んだきりだったけど、あの時はあまりの苦さに、つい作法とか忘れてお茶菓子にがっついちゃって、すごく怒られた。正直あまり思い出したくない記憶だったけど、この味で鮮明に思い出しちゃった。

「うぅ……あ、ライム、これも飲むの？　大丈夫？」

渡したばかりの緑茶風ポーションを飲み干し（食べ尽くし？）たライムが、今度は抹茶風ポーションに興味を持ったみたいで、その触手を伸ばしておねだりしてくる。

正直、この味はデスペナルティを甘受することになったとしても飲みたくないし、ライムが飲みたいのなら是非とも飲んじゃって貰いたい。というわけで、渡してみる。

「……えっ、ライム、こっちのほうが好きなの？」

肯定するようにぷるんっと体を揺らしながら、ポーションどころか《魔物の餌》以上に美味しそうにライムは抹茶風ポーションを取り込んでいく。

うーん、意外……ライムとは味の好みは合わないみたいだね、残念。

「まあいっか。次はー……」

今度は薬草一つ。ただ、擂り潰したうちの半分だけ使って、残り半分はもう一つ用意したビーカーで、同じように作る。

二倍に濃くしたら効果が高まったわけだけど、逆に薄めたらどうなるのか。ついでに、どうせ二つ作るならと、片方はアルコールランプを使って沸騰させながら溶かしこんでみた。

どんなアイテムになるのか、どんな味になるのか、ワクワクしながら二つのビーカーを混ぜていくと、きちんと両方ともアイテム化された。

名称：初心者用劣化ＨＰポーション
効果：ＨＰが20回復する。
名称：初心者用劣化ＨＰポーション（ホット）
効果：ＨＰが22回復し、《耐寒Ｌｖ１》を付加する（六十秒）。

「効果短っ!!」

特濃の反対だから特薄とかじゃないんだーとか、意外と回復量多いんだなーとか、回復量が2だけ上がるって地味すぎない？　とか、言いたいことは色々あるけど、何よりもこの耐寒付加って効果、六十秒って効果時間短すぎない？　意味あるのこれ？

「ま、まあいいや。味のほうは……？」

ひとまずは、普通の劣化ポーションのほうを一口飲んでみる。

今度はさっきの抹茶風ポーションと違って苦味はほとんどなく、飲みやすい味だった。

というか、これって……。

「……麦茶だ」

なんで!?　抹茶は緑茶の仲間だからまだ分かるけど、麦茶って原材料から違うんだけど!?　なんで同じ茶葉（？）のバリエーションに存在するの!?

「い、いや、突っ込んだら負け、突っ込んだら負け……」

ブツブツと自分に言い聞かせながら、即行で抹茶風ポーションも飲み干したライムに普通のをあげてみる。

けど、今度はあまりお気に召さなかったのか、ぷるっと微妙な反応。うーん、私はむしろこれが一番いいんだけど……やっぱりライムの舌は私とは違うみたい。

「まあ、仕方ないか。好みはそれぞれだよねー」

ライムのために、また新しく薬草二つで抹茶風ポーションを作ってあげて、ライムがそれに夢中になっている横で、私は残った麦茶風ホットポーションを一口飲む。

「はあぁ、あったまるな〜」

長閑な草原の風景を眺めながら、温かいお茶で一服する、風情あるひと時。

実際にはお茶じゃなくてポーションだし、その味も麦茶と、風情と言うには微妙な要素もあるけど、このまったりした時間は、都会の喧騒の中では味わえない、田舎のお婆ちゃん家のような居心地の良さがあった。

草原の彼方に日が傾き、空も草むらも、一様に茜色に輝く。

私はログアウトするまでのしばしの時間、抹茶風ポーションを飲み終えたライムを膝に乗せてゆっくり撫でながら、その光景を眺めていた。

第二章　霊草採取と夜の森

ぐつぐつと煮える鍋の火を止めて、中身を取り出す。

それを、用意してあった熱々のご飯にかけていけば、茶色のルーがゆっくり広がり、その後を追うように一口大の野菜や肉がごろごろと転がっていく。

立ち上る湯気に合わせて広がるスパイスの香りは鼻の奥まで突き抜けて食欲をそそり、思わず涎が溢れてくる。

正直、面倒だからこの場でつまみ食いしたくなっちゃうけど、これはあくまでお兄のために作った分、ここは我慢しなきゃならない。

「ほらお兄～、お待ちかねの手料理だよー、ありがたく食べてよねー」

お皿を運び、待ちくたびれた様子のお兄の前にそれを置く。

そしてすぐに、自分の分も用意して席に着くと、手を合わせる。

「それじゃあ食材と作り手の私に感謝を込めて、はい、いただきま～す」

「だあぁーー!!　これのどこが手料理だコラぁーー!!」

早速スプーンを手に、今日の夕飯を食べようとしたところで、お兄がぎゃあぎゃあと文句を言い始めた。

全くもう……。

「カレーだって立派な料理でしょ、何言ってるのお兄は」

「カレーが料理なのはそりゃそうだな！　けど、レトルトカレーのどこが手料理だバカヤロー！　謝れ、世の中の料理してる人達に謝れ！」

私が料理していた鍋の横に目をやれば、そこにあるのは『鍋で五分茹でるだけ！　簡単本格カレー！』なる謳い文句が書かれた、レトルトカレーの空き箱が転がってる。

うん、まあ確かに、レトルトカレーを手料理と称するのは、さすがに世の手作りカレー全てに悪いからやめたほうがいいかもしれない。ただ……。

「レトルトカレーもまともに作れないお兄には言われたくない」

「ぐっ!?　い、いや、違うぞ、俺はレトルトカレーが作れないんじゃない、キッチンの使い方が分からないだけだ!!」

「現代っ子としてはそっちのほうが問題だと思うんだけど」

確かにひと昔前ならいざ知らず、最近のキッチンはタイマーだの火加減だのに始まり、食材と焼き加減を入力するだけで、簡単な調理なら自動でやってくれる機能なんかも追加されてたりして、慣れない人は機能の半分も知らないっていう状態になってはいる。

とはいえ本当なら、操作が煩雑にならないよう、自動でよく使う機能を選り分けてくれるから、お湯を沸かしたり野菜炒め作ったり程度は、タッチパネルのボタン一つで出来るようになってるのに、度を越した機械音痴のお兄はなぜかそれすらまともに出来ない。

　ゲーム機は完璧に触れるのになんで？　と問えば、「ゲームと機械を一緒にするな！」とのこと。ゲームだって機械じゃん、という理屈はお兄に限っては通用しない。

　しかも、そういう機械音痴のためにあるはずの音声入力機能は、どういうわけかお兄の声だけはきちんと認識してくれないという徹底ぶり。我が家の七不思議の一つである。

「あんまり文句言うようなら、次から作らないよ？」

「調子に乗ってすみませんでした」

「よろしい」

　私がそう言えば、お兄は即座に平伏して許しを乞う。

　時間がある時はよくやる、我が家のご飯前の恒例のやり取りが終われば、お兄も席について手を合わせ、カレーにがっつき始める。

　なんやかんや、レトルトカレーでも美味しそうに食べるお兄の姿に苦笑しながら、私も改めて自分の分のカレーに手を付けた。

「それで、どうだ澪、《MWO》の調子は」

「まあ、ぼちぼち？　とりあえず何も出来なくなって詰む事態は回避したとこ」

　両親が揃って出張だなんだで家を空けているのもあって、食卓に着いているのは私とお兄の二人だけ。となれば自然、会話は今日始めたばかりの《MWO》の話題になる。

　会話の取っ掛かりとしては無難なお兄の問いかけに、同じく無難な答えを返すと、なぜか

「へぇ」と感心したような表情を浮かべてきた。

いや、まだ詰んでないって言っただけなのになんでこんな反応？　おかしくない？

「だってお前、ＭＭＯ自体初めてで、ただでさえ扱いが難しいテイマーってだけで不安だったのに、最初に選ぶ使役モンスターがミニスライムだったからな。正直、今日は一日何も出来ずに終わるんじゃないかと思ってた」

「そこまで!?」

ミニスライムに限らず、テイムしたモンスターは自動的にレベルが1に調整されるせいで、テイムしたてだと同じ場所で出会う同じ種類のモンスターよりも弱くなるらしい。

だから、始まりの街周辺で最弱のミニスライムは、テイムしたら文字通りの最弱モンスター。そもそも勝てる相手がいないという有様みたい。

「で、詰んでないって言ってたけど、どうやったんだ？　やっぱり鞭メインで戦ってるのか？」

「うん、今日はそんなとこ。同じミニスライムと戦うのも嫌だから、あのままゴブリンと戦ってレベル上げしてた」

「あれ、進みすぎたわけじゃなくて狙って戦ってたのか……普通のプレイヤーならいざ知らず、ミニスライムしか連れてないテイマーで行くとは、澪お前、結構チャレンジャーだな……」

「ライムは一撃でやられちゃうから、安全第一で時間かけてちょっとずつ削って、今やっと3レベル。もー大変だったよ。それで、お兄は何レベルまで行ったの？」

「とりあえず、12レベルだな」

「早っ!?　もうそんなに!?」

「まあ、俺はβテスターだし、序盤の効率のいいレベリングも色々知ってるからな、こんなもんだろ。むしろ少し遅いくらいか？」

レベルだけが全てじゃないしいいけどな、とお兄は言うけど、途中で私の様子を見に来た分の遅れも多少は効いてるだろうし、少しだけ悪いことをしたかなって気にもなる。

今度、何かでお返ししてあげようかな。ゲームでお兄が私の手を借りるようなことがあるか分からないけどね。

「なんなら、澪にも場所教えようか？　自分で行くならパワーレベリングってこともないだろ」

「うーん、でも、さすがにミニスライムのレベル上げに効率いいってわけじゃないでしょ？　ライムの育成に使えないならいいや」

「それはそうだな。まあ、ゴブリンが楽に狩れるようになったら大丈夫だろうから、そしたら教えてやるよ」

「うん、ありがとお兄。……っと、そうだ、お兄に聞きたいことがあったんだった」

「ん？　なんだ？」

「MPポーションの素材ってどこで採取出来るの？」

《東の平原》にある採取ポイントでは《薬草》しか取れなかったし、現状そこから作れる調合レシピは《初心者用HPポーション》しかない。

せっかく《調合》スキルを習得して戦闘にかかるお金の心配がなくなったことだし、アイテムを遠慮なく使えるようになれば狩りの効率も段違いに上がるはずだから、出来れば《初心者用ＭＰポーション》のほうも自力で作れるようになっておきたかった。

「素材？　確か《西の森》で採れる《霊草》ってアイテムで作れるって聞いたことあるけど、採取アイテムなんて慣れるまで全然見つけられないぞ？　《採取》スキルがあれば別だけど……ってまさか」

「うん、《採取》スキル取ったよ。ついでに《調合》も」

「マジか……まあ、テイマーは器用度高いから生産には向いてるし、《採取》スキルも便利ではあるから、いいのか？　戦闘からは離れてってるけど」

「いいの。戦闘は最終的にはライムをメインにするんだから」

「いや、さすがにメインは無理じゃね？」

「ふふん、私が何も考えてないと思った？　ちゃんとアイデアはあるんですよーだ」

　まあ、上手くいくか分からないし、アイテムを使う以上ごり押しみたいなものだけど、そのために取った《調合》スキルだしね。活用しなきゃ勿体ない。

「けど澪、《西の森》に出て来るモンスターは、ゴブリンよりもずっと手強いぞ。今のお前が行ったらすぐに死んじまうんじゃないか？」

「えぇ!?」

《西の森》は、出て来るモンスターの数が多い上に、ＨＰこそ少な目なもののＡＧＩが高く慣れるまで攻撃を当てにくい場合がほとんどで、森の木々が障害物になってるせいで不意打ちも喰らいや

すく、《東の平原》より圧倒的に難易度が高い狩場らしい。

言い換えれば、倒しやすい敵がどんどん現れてくれる場所でもあるから、さっきお兄が言ってた高効率レベリングスポットの一つになってるみたいだけど。

「まあ、《霊草》を採取するだけなら森の浅いとこでも採れたはずだし、運が良ければ見つからずに済むかもしれないけど……」

「運任せはちょっとねー。お兄、デスペナルティってどんなのだっけ？」

「一時間の各種ステータスの低下だな。これがＰＫ（プレイヤーキル）なら、所持金半分のロストに、インベントリ内のアイテムのランダムドロップが付くけど」

「うーん……それって使役モンスターも？」

「ああ、そうだぞ」

つまり、一度でも死んじゃうと、デスペナルティが無くなるまでは戦闘がほぼ不可能になると思ったほうがいいかな。

けどまあ、アイテムを集めるだけなら、ステータスが下がってても特に不都合はないし、いいかも……？

ともかくせっかくの機会だからと、他にもいくつかお兄に質問して、そのうちのいくつかは疑問を解消することが出来た。

「よし、とりあえず、おかげでこの後の方針は決まったよ、ありがとお兄」

「いいってことよ。けど気を付けろよ、《西の森》は《東の平原》ほど平和じゃないからな」

「分かってるってば。あ、お皿、食べ終わったらちゃんと流しに持ってってよ」

「はいはい、分かってるって。ごちそうさん」

兄妹で似たような返事をお互いにしつつ、私は手元に残ったカレーをパクパクと口に放り込んでいく。

一方のお兄は、お皿を置いたらさっさと《MWO》をやりに部屋に行っちゃったようで、お皿洗いくらいして欲しいなぁと思わなくもない。

けど、前に一度やって貰ったら、雑すぎて結局全部洗い直すハメになったから、それ以来面倒だし私がやることにしてる。

ただでさえモテないのに、家事スキル0で身の周りのお世話を全部してくれる献身的な人以外NGとか、お兄のお嫁さんになる人の条件厳しすぎない？

「まあ、お兄だしねー」

ライムを育てるより更に難しそうなお兄の将来のことは横に置いておいて、私も食べ終わったお皿を運んで、皿洗いを始める。

その頃にはもう、お兄のことなんて記憶の片隅に消え去って、私の頭の中は早くライムに会いたいと、そのことでいっぱいになっていた。

こそこそ。こそこそ。

「ライム、しーっ、だよ、しーっ」

肩の上で、ぷるんっと肯定の返事を返すライムを撫でつつ、私はどこぞの特殊部隊よろしく、丈の長い繁みの中を這うように進んでいく。

家事を終え、お風呂にも入った私は、寝るまでの間に出来るだけ進めようということで、始まりの街の西側にあるフィールド、《西の森》にやってきた。

このゲームでは、リアル時間にして午後八時から午前四時までの間、フィールドに夜の帳（とばり）が下りて、モンスターの分布や狂暴性が変わる。

《東の平原》なんかは、それこそ空が暗くなる程度で、開けた場所で星明かりに照らされているせいか特に変化もないみたいだけど、この《西の森》では違う。

ただでさえ生い茂った木々のせいで悪い視界が更に悪化して、相当近づかないとモンスターが見つけられない上、モンスターの多くが攻撃的になって不覚を取る場面が増えちゃうらしい。

結果、敵モンスターの位置を察知する《感知》スキルや、暗闇でも昼間と同じように見通すことの出来る《鷹の目》スキルを取ってない限り、夜中の《西の森》での狩りの効率は否応なく下がって、昼間と一転して不人気フィールドになる。と、お兄から教わった。

そんな場所になんで足を運んだかと言えば、もちろんMPポーションの材料である、《霊草》を手に入れるためだ。

戦闘をする上では足枷（あしかせ）でしかない夜の闇だけど、ただ森を回ってアイテムを拾い集めるだけなら、むしろモンスターから自分の身を隠し、いざ見つかって逃げる時も、その追跡を素早く振り切る心強い味方になってくれる。

そういう理由から、私はログインする前にネットで軽く調べておいた使えそうなスキルを二つ習得して、今装備してある。

名前：ミオ　職業：魔物使い Lv3
HP：72／72　MP：60／60
ATK：42　DEF：62　AGI：62　INT：42　MIND：62
DEX：83　SP：0
スキル：《使役Lv2》《鞭Lv4》《採取Lv2》《隠蔽(いんぺい)Lv1》《敏捷強化Lv1》
控えスキル：《調合Lv2》《調教Lv2》

《隠蔽》スキルはそのまま、モンスターから見つかりにくくなるスキル。《敏捷強化》は、装備しているとAGIが上昇するスキルだ。

これを付けた状態で、こうして草むらに隠れつつ動けば、よっぽどのことがなければモンスターに見つかることはないし、見つかったとしても逃げ切れる……はず。

「けどこれ、採取ポイントも見つけづらい……」

いっそ《敏捷強化》じゃなくて《感知》スキルにして、モンスターが近くにいない間は顔を上げて探すとか、そういう風にしたほうが良かったかなぁ。

けど、もうスキルは習得済みな上にSPも残ってないから、少なくとも次のレベルになるまではこの構成でなんとか探していくしかない。

「あ、あったあった……って、これまた《薬草》じゃん！」

手にした戦果に、がっくりと肩を落とす。

《東の平原》でもよく採れた《薬草》は、このフィールドでも変わらず採れるようで、一番多く採取出来たアイテムもこれだった。

ただ他にも、《毒消し草》や《石ころ》、《ドクの実》なる毒々しい色をした木の実に、《シビレダケ》っていう如何(いか)にも毒キノコですと言わんばかりのキノコ、後は普通に食べられそうな食材アイテムがいくつか、などなど。《薬草》しかお目にかかれなかった《東の平原》と違って、ここでは色んなアイテムが取れて、それはそれで楽しい。

けど、肝心の《霊草》が中々見つからなかった。

「うーん、これが噂に聞く物欲センサー……厄介だなぁ」

欲しい物なら、たとえ本来どれほどレア度の低い物であっても手に入らず、プレイヤーを苦しめ続けるという悪魔のような機能。

決してそんな機能は搭載されていないと言いつつも、都市伝説のように大昔から脈々と語り継がれてきたそれが、ついに私に牙を剥いたらしい。

そうじゃなきゃ、森の浅いところでも手に入るって言ってたお兄の情報が間違ってるってことだし、見つからなかったら文句言ってやる。

「面倒だなぁ……よし、立って探そう」

さっきから一度もモンスターを見てないし、いざとなっても逃げられるように《敏捷強化》を習得したんだから、このまま隠れた状態で終わっちゃったら勿体ない。

「ライム、しっかり掴まっててね」

ぷるんっと返答が返ってきたのを確認すると、私は伏せてた状態から勢いよく立ち上がり、駆け出す。

暗闇の中、ぼんやりと見える障害物を避けながらだと全力疾走とはいかないけれど、むしろ暗いからこそ視界内に光って表示される採取ポイントは分かりやすかった。

「そこっ！」

駆け抜けつつ、手を伸ばして掴み取り、すぐに次のポイントに向かって走る。

確認は全部後回しにして、ゲームだからこその疲労感のなさを活かして、どんどんとアイテムを回収していく。

「うん、順調順調！」

今まではなんだったのかってくらいのハイペースで、アイテムを拾い集めていく。

この分なら、《霊草》も一つや二つは手に入ってるよね～、と軽く考えていた私は、《隠蔽》スキルはそれらしい行動を取ってないと効果を表さないのも忘れ、すっかり油断していた。

「きゃっ!?」

突然、横から衝撃を受けて倒れ、地面を転がる。

慌てて起き上がりつつ、いきなり攻撃してきた不埒者を捜そうと目を凝らせば、そいつは闇夜の中から、光り輝く双眸だけを覗かせてそこにいた。

「ハウンドウルフ、か……ぜんっぜん気付かなかった」

黒い毛皮に身を包んだ、狼みたいなモンスター。

その色が、夜の森にあっては完全に保護色になっていて、攻撃されるまで近くにいることも全く分からなかった。夜でモンスターが見つけにくいとは聞いてたけど、まさかここまで分からないなんて予想外だよ。

こんな時でもなければ、あの毛皮に顔を埋めてみたいんだけど。もふもふしてそうだし。

「うへえ、ＨＰが一発で三割持ってかれた」

緑色のＨＰゲージを確認すれば、そのうちの三割ほどが黒く染められて無くなっていた。

ゴブリンで二割くらいだから、それより厄介な敵であるのは間違いないと思う。

そうでなくても、今の私は《調教》スキルを付けてないから、もし戦って倒したとして、ライムに入る経験値の量がいつもより少なくなっちゃう。

つまりこの場は……。

「三十六計逃げるに如かずっ！」

ライムを抱きかえてくるりと身を翻し、脱兎の如く駆け出す。

けれど、夜の狂暴なモンスターは逃げる私も獲物にしか見えないのか、すぐに後を追いかけてくる。

その足は速く、一方の私は《敏捷強化》を習得しているとは言っても、所詮は3レベルの足。段々追いつかれてきた。

それでも森の浅い場所で採取していれば、追いつかれる前に街に逃げ込むことも出来ただろうけど、走りながらの採取で思った以上に深いところまで来ちゃってたみたいで、このままだとちょっと逃げ切るのは難しそうだ。

「う～、何か、何かいいアイテムは……」

走りながら、この状況を打開するためのアイテムがないかインベントリに目を走らせる。

とはいえ、まだポーションくらいしかまともに作ってないし、それ以外のアイテムなんてここで拾い集めたアイテムくらい。その中で役に立ちそうな物は……。

「とりあえず、これ！　えいっ!!」

まずぱっと目に付いたのは、《シビレダケ》。名前からして明らかに麻痺とか、そんな感じの状態異常を起こしそうなそれを、背後に迫りくるハウンドウルフ目掛けて投げつける。

それは運良く、真っ直ぐに追ってきてるハウンドウルフの顔面に直撃したけど……。

「ぜんっぜん効いてないしっ！」

ハウンドウルフのＨＰは一欠片も削れず、麻痺する様子もない。

食べさせない限り効果がないのか、それともある程度の数をぶつけなきゃ効果が出ないのか。まあ、多分前者だと思う。

「となると、後はー、後はー……」

あ、《霊草》いつの間にか採取出来てる。やったね。

ってそうじゃなくて!!

「もう、後はこれくらいしかない!!」

意外と大きい、拳大の《石ころ》を取り出して、ハウンドウルフ目掛け投げつける。

また顔面を狙ったそれは、これまた運良くハウンドウルフの頭に直撃した。

「ギャンッ!」

そしてそれは、ほんの僅かではあるけどハウンドウルフのＨＰを減らして、若干その追撃を緩めさせた。

「おお、石ころすごい! もうこれメイン武器でいいかも!!」

なんてバカなことを考えながら、私は次々石ころを投げつける。

けど、元々野球をやってたわけでもキャッチボールをやったわけでもない私が、正確に投げ続けられるわけがない。

最初の二回で運も使い切ったのか、ほとんど当たらなかった。それに、投げるためには一々インベントリを開いて一つずつ取り出さないといけないから、走って逃げ回ってる今の状態だと、転ばないように注意しながらになって言うほどたくさん投げられない。

「ギャォ‼」

「きゃあっ！」

二度目の追撃。ＨＰが残り三割くらいにまで追い詰められて、再び地面を転がる。

安全地帯の街まではまだ距離があるし、もう、こうなったら腹をくくるしかない！

「行くよライム、こいつ倒しちゃおう！」

素早く起き上がりながら距離を取り、《初心者用ＨＰポーション》を取り出す。

そして、飲む間も惜しんで自分に振りかけてＨＰを回復し、腰に装着してあった《蔓の鞭》を引き抜き、ハウンドウルフに向けて構えた。

「《バインドウィップ》‼」

恒例のアーツを使って、素早くハウンドウルフの動きを封じると、指示をする必要もなくライムが飛び掛かり、《酸液》でそのＨＰを削っていく。

「まだまだ、これも食らえー！」

ついでに、鞭を持つのと逆の手で、インベントリから《石ころ》を取り出し次々投げつける。

ダメージはほぼないに等しくてもやらないよりはマシだし、お兄曰く、このゲームでは継続ダメージ系の攻撃はヘイトをほとんど稼がないらしいから、これでもやっておけばライムにヘイトが向かないように出来るはず。

けど、ライムのＭＰはそう長くはもたない。

《鞭》スキルのレベルが上がった影響で、《バインドウィップ》の拘束時間も延びた結果、それが解けるよりだいぶ早くそのＭＰが底を尽いて――一瞬で、全快した。

そして途切れることなく発動し続ける《酸液》によって、ハウンドウルフのＨＰは徐々に削れる速度を速めていく。

「よし、狙い通り、やれた!!」

もしかしたら、程度の考えで試したけど、上手くいってよかった。

ライムのＭＰが回復した仕組みは至極単純で、言ってしまえばただ《初心者用ＭＰポーション》を使っただけだ。

ただ、ポーションは普通、直接飲むか振りかけるかしないと効果がないから、《バインドウィップ》で拘束してる間、私から離れてモンスターに張り付いてるライムにポーションをあげることは出来なかった。

だから発想を変えて、ライム自身に、自分にポーションを使って貰おうと考えた。

おあつらえ向きに、ライムには《収納》っていうスキルもあるし、食べる時も収納する時も体に取り込んでるんだから、もしかしたら行けるんじゃ？　と思って、《初心者用ＭＰポーション》を渡しておいたんだけど、まさか本当に取り出す工程すら省いて使えるなんて……。

うん、次からは、大事なアイテムは預けないようにしよう。気付いたら食べられちゃいそう。

「っと、効果終わりっ、ライムはそのまま張り付いてて！」

《酸液》で攻撃し続けるライムに、そのままにするよう指示しつつ、私は襲いくる衝撃に身を備える。

するると狙い通り、ハウンドウルフは私目掛けて一直線に襲い掛かってきた。

「きゃっ！　うぅ、いいよ、そのまま私を狙ってなさい！」

石ころで散々嫌がらせ染みた攻撃をした甲斐もあって、ヘイトはバッチリ私に向いてるみたい。

引き倒されて、またHPが大きく減少した私は、すぐにもう一本の《初心者用HPポーション》で受けたダメージを回復しつつ、ハウンドウルフに向けて鞭を振るう。

「ハウンドウルフのHPはあと半分……ライム、頑張れ！」

既に二本目の《初心者用MPポーション》が使われ、ライムが持ってる残りは二本。

ライムにヘイトが向かないよう、必死に鞭で攻撃するけど、システムアシストが入るアーツと違って、普通の攻撃はプレイヤースキルに依存してるから、私の腕前じゃ素早いハウンドウルフにほとんど当たらず、反撃を受ける。けど、攻撃された瞬間になら、私の鞭だって当てられる。そして、減ったHPを《初心者用HPポーション》で都度回復して、なんとか私に釘付けにしたまま時間を稼ぐ。

「あと、ちょっと……あとちょっと!!」

HPもMPも、どっちの初心者用ポーションも使い果たして、ハウンドウルフのHPも残り僅か。

そこに来て、ついに騙し騙し私に向けていたヘイトが、背に張り付いたままのライムに向いた。

「ギャウゥ!!」

ライムを潰そうとでもしているのか、ハウンドウルフが傍の木に向かって走り出す。

ライムのHPもレベルが上がって増えたけど、相変わらずゴブリンの攻撃一発で倒されることに変わりはない。ゴブリンよりも攻撃力が高いハウンドウルフなら、尚更だ。

　ハウンドウルフが木に向かって飛び掛かり、ライムを叩きつける――その寸前で、ギリギリ、間に合った。

「《バインドウィップ》!!」

「キャウン!?」

　アーツのCT（クールタイム）が終わって、再使用可能になったそれを使い、ハウンドウルフの動きを封じる。

　じたばたともがくその姿を見ながら、残り僅かだったHPゲージは徐々に黒く染まっていき――ついに、全て無くなった。

「やった……？」

　ポリゴンの破片となって消えていったハウンドウルフを見ながら、呟く。

　そして、後に残ったライムを見て、少しずつその実感が湧き上がってきたところで、私は感極まってライムに抱き着いた。

「やった、やったよ!!　お兄に無理って言われてたモンスターを倒せたよ！　しかも、ほとんどライムの攻撃で!!」

　私の攻撃がほとんど当たらないし効かない状況で、本当にライムの攻撃だけが頼りだった。

　ゴブリンみたいに私がゴリ押ししたほうが強いんじゃなくて、ちゃんとライムがいなきゃならないっていう状況があって、そして力を合わせてモンスターを倒せた。正直、ものすごく嬉しい。

「やっぱりライムはダメな子なんかじゃなかったよ、頑張れば出来る子だよ～！」

ハウンドウルフは別にボスでもなんでもなく、ただの雑魚モンスターの一つだけど、それでも、これは大きな一歩だ。このまま頑張れば、きっといつか、ボスモンスターだって倒せる。そんな実感と共に、頬擦りしながらライムをめいっぱい甘やかした。

そんな風に、歓喜に包まれていた私は、またうっかり忘れていた。

この場所は安全な街中じゃなくて、モンスターの出る戦闘エリアだってことを。

そして、そもそも《西の森》は、モンスターの出現頻度が高いエリアだってことを。

「……あ、あれ？」

「グルル……」

「ガルァ！」

「ギャオォ!!」

気付けば私は、ハウンドウルフ三体に囲まれていた。

一体でも、手持ちのアイテムの限りを尽くしてギリギリだったのに、いきなりそれが三倍。

うん、これはダメだね、詰んだかも。

「はあ……最後にケチがついちゃったけど、仕方ないか」

まだまだ、私もライムも弱い。けどいつか、これくらい、ピンチでもなんでもないって笑えるくらい、強くなろう。

そう、決意を新たにする私だったけど、まあ、それはそれとして……。

「ライム、勝ち目はほとんどないけど、頑張ってやれるだけやってやろう！」

「――――！」

　ぷるん！　と、胸に抱いたライムが私の気合に応えるかのように震え、再び戦闘体勢に入る。

　負けるのは変わらないにしても、やっぱり何もせずやられるだけなんて真っ平だ。最後まで、足掻いてやる！

　そう、気合を入れる私達に、三体のハウンドウルフが一斉に群がり――私は、このゲームで初めての死に戻りを経験した。

「さて、気を取り直して、レッツクッキング！」
　デスペナルティで全ステータスが下がってる間は、戦闘はほぼ無理。ついでに、ＤＥＸも下がってる以上、調合も下手な物が出来ちゃう可能性があるから却下。というわけで、適当に始まりの街を散策して時間を潰した私は、やっと戻ったステータスと、さっき《西の森》で命懸け……というより、死にながら集めたアイテムで、早速調合を試してみようと、《東の平原》にやってきた。
　相も変わらず人のいないそこで、スキル構成を元に戻しつつ、《携帯用調合セット》を広げていく。

名前：ミオ　職業：魔物使い　Ｌｖ４

HP：78／78　MP：65／65
ATK：43　DEF：63　AGI：64　INT：42　MIND：63
DEX：86　SP：1
スキル：《使役Lv3》《鞭Lv5》《採取Lv3》《調教Lv3》《調合Lv2》
控えスキル：《敏捷強化Lv2》《隠蔽Lv3》

うん、気付いたら取ったばかりの《隠蔽》と《採取》が《使役》や《調教》とレベルが並んじゃってるけど、ひとまずそれは置いておいて、それらのスキルの成果とも言うべき採取アイテムの数々も一緒に並べる。

それを見て、何をするのかおおよそ察したらしいライムは、早く食べたいとばかりに草むらでぴょんぴょん跳ねている。

「ふふ、待っててねライム。とりあえず、まずはMPポーションかな？」

《霊草》を一つ取り出して、《薬草》の時と同じように擂り潰していく。

普通の雑草と見分けがつかない《薬草》と違って、《霊草》は全体的に白っぽい草で、夜の闇を背景にするとぼんやり光ってるようにも見える不思議な草だ。

けれど、それを潰してビーカーに入れ、水に溶かしていくと、不思議なことにその色は青色に変わっていく。

名称：初心者用ＭＰポーション
効果：ＭＰが50回復する。

「うーん、《初心者用ＭＰポーション》は一度買ってるから知ってたけど、まさか本当にあの白い草が青くなるなんて……謎だなぁ」

そんな些細な疑問はさておき、出来上がった青色のポーションを、毒見を兼ねて早速一口。

「……ジュースっぽい？　けどなんだろうこれ、うーん……」

程良い甘みと酸味。うん、そう、あれだ。かき氷なんかであるブルーハワイっていうシロップ。あれに近いかも？

さすがに、直接飲む物なだけあって、くどくない程度に薄まった味みたいだけど。

「ライム、どう？」

待ちくたびれた様子のライムにあげてみると、これまた一口で（？）飲みこんで、ぷるんっと、そこそこな反応が返ってきた。

「ふむふむ、緑茶風ポーション以上、抹茶風ポーション未満かな？」

ライムの反応から、どの程度好きな味なのか分かったら、メニューの中にあるメモ帳機能にその結果を記しておく。

こうしておけば、ライムがお腹空いた時に、その場で作れる一番の好物がすぐに分かるから、続けていけば役に立つ場面があるかもしれない。

まあ、ライムの好みはメモしなくても全部覚えてられる自信はあるけどね。

「次は、これかな」

《霊草》の数もあまり多くないし、実験はまたの機会にして、続けて取り出したのは《シビレダケ》。ハウンドウルフと戦った時、投げつけても特に効果がなかったけど、調合レシピにはちゃんと望んだ通りの効果が期待出来そうな物が新しく表示されていたから、早速作ってみることにする。

上手くいけば、ハウンドウルフとまた戦うことになった時、もっと余裕を持って対処出来るようになるはずだ。

「えーっと、まずは……」

随分とシンプルだった二種類のポーションと違って、これは基本レシピの時点でちょっとややこしい。

まずはシビレダケをビーカーに入れて水に浸し、その状態で熱して沸騰させる。

十分に煮汁が出てきたところでキノコは取り出して捨て、代わりに細かく砕いた《ドクの実》をビーカーに加えて更に混ぜ合わせる。

そうして最後に、漉し器を使って不純物を取り除いてやれば……。

名称：麻痺ポーション
効果：《麻痺Ｌｖ１》を付加する。

「よし、出来た！」

これは使った相手に状態異常を付加する、状態異常ポーションの一つ。

《シビレダケ》と違って、ポーションはちゃんとぶつければそれで効果があるし、これで、今まで《バインドウィップ》頼りだった敵モンスターの拘束がやりやすくなるはずだ。

量産出来ればだけどね。

「次はこれ～っと」

さすがに状態異常を起こすポーションを試し飲みするわけにもいかないから、見た目だけ確認したら横に置いておいて、次に取り掛かることに。

今度は、最初に《薬草》を擂り潰してビーカーに入れ、沸騰させる。

ここでやめたらただのホットなＨＰポーションになるだけだけど、ここで更に砕いた《ドクの実》を入れ、混ぜ合わせていく。

名称：毒ポーション
効果：《毒Ｌｖ１》を付加する。

「よしよし、順調順調」

これも《麻痺ポーション》と同じ状態異常ポーションの一つで、こっちは使った相手に継続ダメージを与える毒状態にしてくれるアイテムだ。

なんで回復アイテムの材料であるはずの《薬草》を使って毒薬になるのかさっぱり分からないけど、あれかな？　薬も過ぎれば毒になるってことなのかな？

ともかく、《毒ポーション》はライムの《酸液》とは別でダメージが入っていくみたいだから、これで足りない攻撃力を大分補えるはずだ。

「さて次は……ってあれ、さっきここに置いておいた《麻痺ポーション》はどこに？」

ふと脇に置いておいた麻痺ポーションがなくなっていることに気付いた。

ライムと私の戦闘力不足を補ってくれる、有用そうな目ぼしいレシピを試し終わったところで、犯人が誰かなんて、考えるまでもない。何せ、すぐ傍でビリビリ痙攣しながら転がってるし。

「こらライム！　勝手につまみ食いしちゃダメでしょ、もう！」

めっ！　と痺れてるライムをつつけば、抵抗も出来ずにころんっと転がる。

うーん、ここまで完全に動けなくなるなんて、思った以上に麻痺って怖い。私が使うアイテムだと思えば頼もしいけど、敵に麻痺を使うのが出てきたら大変だなぁ。注意しないと。

「まあ、この状態ならライムもつまみ食い出来ないだろうし、今のうちに色々作っちゃおう」

一応、《薬草》と《毒消し草》で《解毒ポーション》っていうのも作れるみたいだけど、麻痺には効果がないし、麻痺を治すポーションはレシピにはまだない。

素材が足りてないのか、それとも隠しレシピなのか。どっちにしても、毒でもない限り放っておけば特に問題なく治るし、いい薬だと思って我慢して貰おう。ポーションだけに。

「ふんふんふふ～ん♪」

薬草を擂り潰したり、シビレダケを煮詰めたり。鼻歌を歌いながら、のんびりと調合する。

一応、一度手作業で作っちゃえば、後は《一括調合》っていう《調合》スキルのアーツで、MPを使って一瞬で作ることは出来るんだけど、戦闘用の《麻痺ポーション》と《毒ポーション》はともかく、他はライムのご飯にもなるんだから、自分の手で作らないとなんだか味気ない。

元々、生産職になりたいわけじゃないから、人の分まで作って売る気はないしね。

「さて、色々作ったけど、後はライムに何を持たせるかだよね」

ライムの《収納》スキルは、《西の森》探索中ずっとポーションを入れてたおかげでレベル2になって、二種類までアイテムを持てるようになっていた。

けど、持たせたいアイテムとなると、《酸液》を継続して使うための《初心者用MPポーション》に、いざという時のための《初心者用HPポーション》。ついでに、拘束用の《麻痺ポーション》にダメージ増加のための《毒ポーション》と、今の時点でもそこそこ多い。

「うーん……どうしようかなぁ」

まず、まだまだHPに余裕がなくて、ゴブリン相手にも一撃でやられるんだから《初心者用HPポーション》はあんまり意味がないし却下。《初心者用MPポーション》は、ハウンドウルフとの戦闘でも決め手の一つになった物だから、まだ数は少ないけど持ってて貰うとして、後は《麻痺ポーション》と《毒ポーション》のどっちがいいか……。

「《バインドウィップ》の効果が切れたタイミングで確実に使うためにも、《麻痺ポーション》はライムに持ってて貰ったほうがいいかなぁ。《毒ポーション》は最悪、私が拘束しながら投げつけてもいいし」

一応、《バインドウィップ》だけでも使っていれば、私にもちゃんと経験値は入るとはいえ、やっぱりただ拘束するだけで終わってたらその取り分はかなり少ない。

せっかく《毒ポーション》なんて作ったんだし、それを使えば私も一緒にダメージを稼げて、ちょうどいいはず。

「今日はこんなところかなぁ」

作れたアイテムは、《初心者用HPポーション》が十本と、《初心者用MPポーション》が三本、《麻痺ポーション》が四本に、《毒ポーション》が三本。

作りついでに更なる実験として、《初心者用HPポーション》を作る時に使う《薬草》の数を三つにしたり、逆に1／3に薄めたりしてみたけど、前者は一つ分まるまる溶け切らず、二つ分と合わせて《特濃初心者用HPポーション》が出来て、一方の後者は調合失敗に終わり、ただ《薬草》が無くなっただけに終わった。残念。

とはいえ《薬草》はまだあるから、他にもいろいろと試せないこともないけど、これは《毒ポーション》の材料にもなってるわけだし、使いすぎて肝心な時に残ってないのもなんだから、ひとまずこれでいいや。

「って、ライム、さっき痺れてたのに、まだ凝りてないの？」

作ったアイテムを並べて確認していたら、痺れの取れたライムがまた《麻痺ポーション》を食べようとやってきた。

ひょっとして、痺れるのを我慢してもいいくらい美味しいの？　いやでも、ライムの舌って私とあんまり合わないし、そうでもないかも……いやでも、ちょっと気になる……。

「ちょ、ちょっとだけ……一口だけ……」

心の内から襲いくる好奇心の波に逆らいきれず、恐る恐る、《麻痺ポーション》を一つ取って、軽く飲んでみる。

「んんっ!?」

飲んだ瞬間感じたのは、鼻孔をくすぐる柑橘系の香りと、後を引くようなこってりした甘味。

けどそれは直後、あまりにも暴力的な味わいへと変貌した。

口の中でシュワシュワと弾けた何かが、そのまま喉の奥まで食い荒らし突き抜けていくような、そんな強烈な味。

それはそう、一言で言うのなら、砂糖とシュワシュワを三倍に濃縮した炭酸ジュースとでも言うべき、あまりにもぶっ飛んだ飲み物だった。

「げほっ、げほっ！　う、うえぇ、やっぱりびみょ……う……？」

そして当然、飲んだ以上はそのポーションの効果がバッチリと私の体に現れ、耐性スキルを持っていない私はきっちり麻痺の状態異常にされてしまった。

「ちょっ、こ、これ、結構やばいかも……」

まるで長時間正座した後のように、手足が痺れて上手く動かせず、私はその場で横になる。

そうすると、その刺激で体がまたびりっ！　と来るもんだから、たまったもんじゃなかった。

「う、うぐ～！　こ、こんなことなら《麻痺ポーション》なんて明らかなゲテモノジュース飲むんじゃなかった～！」

叫んでみても後の祭り。私はそのまま一歩も動けなくなり、ついでに、どうしても飲みたかったらしいライムが、もう一本の《麻痺ポーション》をきっちりその体に取り込んだことで、私とライムは仲良く、夜の平原で動けなくなる醜態をさらしてしまった。傍を歩くマンムー達から、心なしか「何やってんだあいつら」って視線をチクチク感じてとても痛い。

「も～……ライムのせいだからね」

そう言ってみれば、ぷるぷるっ、と、痺れてるんだか抗議してるんだかよく分からない反応がライムから返ってきた。

そんなライムにくすっと笑みを零しつつ、私は痺れを取るのは諦めて、大人しく空を見上げる。

「あ～、綺麗だな～」

都会の喧騒の中では決して見られない、文字通りの意味で幻想的な星空。

なんとなく、それをスクリーンショットに収めて記録しながら、私は麻痺が解けるまでの間、ライムと揃って星空を見続けていた。

インターミッション　掲示板

【みんなで】ＭＷＯ攻略スレ【楽しく】
ここはＭＷＯの攻略情報について語り合う場です。
荒らし、煽りは厳禁。
次スレは＞＞８５０が立ててください。

５６７：名無しの戦士　ＩＤ：５ｈＳｅｄ７Ａ
もう20レベル到達した人っている？　早くサブ職業就きたいんだけど、中々レベル上がらない。

５６８：名無しの召喚術師　ＩＤ：Ｈｊ９ＦＱＩ５
いくらなんでもいないでしょ……いないよね？

５６９：名無しの軽戦士　ＩＤ：ＰｓＡ４３Ｒｄ
βテスターのトップ層でもまだ行ってないんじゃないか？　俺もβテスターだけど12レベルだしｗ

５７０：名無しの召喚術師　ＩＤ：Ｈｊ９ＦＱＩ５

さすがに早いなw俺なんてまだ10レベルだよw
571：名無しの薬剤師　ID：L92ghSa
ご、5レベル……
572：名無しの戦士　ID：5hSed7A
wwww
573：名無しの軽戦士　ID：PsA43Rd
wwwww
574：名無しの召喚術師　ID：Hj9FQ-5
おせーよww
575：名無しの薬剤師　ID：L92ghSa
調合が楽しくて気付いたら1日が終わってたんだ。べ、別に置いてかれて悔しくなんてないからねっ
576：名無しの鍛冶師　ID：sFh5-HE
分かるわ。このゲームレシピ通りに作るだけじゃなくて、レシピにないアイテム混ぜたり工程増やしたり、色々工夫出来るから凝り出すと時間忘れる。
577：名無しの薬剤師　ID：L92ghSa
そう、そうなんだよ。だからどうしても戦闘職に比べるとレベルがね……
578：名無しの戦士　ID：5hSed7A

だからあれほど生産系はサブ職業で就けと……

579：名無しの薬剤師　ＩＤ：Ｌ92ｇｈＳａ
だって、メイン職業とサブ職業じゃメインのほうがステータス補正大きいじゃん？　生産職目指すんだからＤＥＸはなるべく高くしたかったんだ……

580：名無しの鍛冶師　ＩＤ：ｓＦｈ５ＩＨＥ
そういう時は鍛冶師がオススメ。ＤＥＸ高めだし、ＡＴＫが全職最高だ。20レベルまでくらいならソロでもゴリ押しでなんとかなる。

581：名無しの召喚術師　ＩＤ：Ｈｊ９ＦＱＩ５
なんで生産職なはずの鍛冶師が一番強いんだよ、おかしいだろ！ｗ

582：名無しの軽戦士　ＩＤ：ＰｓＡ４３Ｒｄ
ドワーフのイメージなんじゃないか？　ＡＴＫとＨＰは高いけど、ＡＧＩは後衛職並に低いし。本当に攻撃力だけだぞ。

583：名無しの薬剤師　ＩＤ：Ｌ92ｇｈＳａ
なるほど。それじゃあ、生産職は鍛冶師と薬剤師の組み合わせがベスト？

584：名無しの軽戦士　ＩＤ：ＰｓＡ４３Ｒｄ
ＤＥＸをひたすら上げたいならテイマーもアリだぞ、プレイヤー本人の戦闘力がゴブリン並に弱くなるけど。

585：名無しの召喚術師　ＩＤ：Ｈｊ９ＦＱＩ５

ゴブリンバカにすんなよ、合成する核石が少ない序盤のサモナーにとっては頼れる相棒なんだからな‼

586：名無しの戦士　ＩＤ：５ｈＳｅｄ７Ａ

それ以降は？

587：名無しの召喚術師　ＩＤ：Ｈｊ９ＦＱＩ５

インベントリの肥やしですが何か？

588：名無しの薬剤師　ＩＤ：Ｌ９２ｇｈＳａ

ｗｗｗｗｗ

589：名無しの鍛冶師　ＩＤ：ｓＦｈ５ＩＨＥ

召喚魔法で契約済みの核石は、売却もトレードも出来ないからね。仕方ないね。

590：名無しの薬剤師　ＩＤ：Ｌ９２ｇｈＳａ

それなら俺は、生産頑張りたいからサブはテイマーにしようかな。

レベル上げってどこがいいかな？

591：名無しの戦士　ＩＤ：５ｈＳｅｄ７Ａ

そうだ、それ聞こうと思ってたのにすっかり忘れてたｗ

592：名無しの軽戦士　ＩＤ：ＰｓＡ４３Ｒｄ

西の森はモンスターのＰＯＰ多いから育つの早いぞ。キラービーとかＨＰ少ないからサクサク倒せるし。

593：名無しの戦士　ＩＤ：５ｈＳｅｄ７Ａ
よし、じゃあ今からちょっと行って乱獲してくるわ。
594：名無しの鍛冶師　ＩＤ：ｓＦｈ５ＩＨＥ
待て待て、今は西の森にハウンドウルフが湧いてるからやめとけ。あいつらキラービーと違ってＨＰ多いし、タイマンならともかく囲まれたら終わりだぞ。
595：名無しの軽戦士　ＩＤ：ＰｓＡ４３Ｒｄ
ハウンドウルフ？　あれって結構奥まで行かないと出ないんじゃなかったか？
596：名無しの鍛冶師　ＩＤ：ｓＦｈ５ＩＨＥ
βじゃそうだったけど、正式版だと夜の間は森の浅いところにも出るみたいだ。フレンドと行ったらいきなり襲われてヤバかった。
597：名無しの軽戦士　ＩＤ：ＰｓＡ４３Ｒｄ
マジか、知らんかった……
598：名無しの召喚術師　ＩＤ：Ｈｊ９ＦＱＩ５
えっ、そうなん？　さっき中学生くらいの女の子が森に入ってってたけど大丈夫かな……
599：名無しの戦士　ＩＤ：５ｈＳｅｄ７Ａ
女の子？（ガタッ
600：名無しの鍛冶師　ＩＤ：ｓＦｈ５ＩＨＥ

このゲーム、身長も多少は弄れるから見た目はそこまで参考にならないぞ。けど、このタイミングで入ってくってことは何も知らない初心者か、あるいはハウンドウルフすら物ともしないトッププレイヤーか。
６０１：名無しの薬剤師　ＩＤ：Ｌ９２ｇｈＳａ
＞＞５９９
落ち着けｗ
６０２：名無しの戦士　ＩＤ：５ｈＳｅｄ７Ａ
＞＞５９８
それで、その子は可愛かったのか？　どうなんだ？
６０３：名無しの召喚術師　ＩＤ：Ｈｊ９ＦＱＩ５
＞＞６０２
綺麗な銀髪ロングで可愛かった。
＞＞６００
少なくともトッププレイヤーには見えなかったなぁ。初期装備だったし。
６０４：名無しの戦士　ＩＤ：５ｈＳｅｄ７Ａ
銀髪っ子キターーー‼　よし、俺ちょっとその子助けに行ってくる！
６０５：名無しの軽戦士　ＩＤ：ＰｓＡ４３Ｒｄ
銀髪なら死神かと思ったけど、初期装備なら違うか……

606：名無しの薬剤師　ID：L92ghSa
＞＞604
よせ、早まるな！　お前にはまだ無理だ！
607：名無しの戦士　ID：5hSed7A
うるせぇ！　銀髪のかわいこちゃんが俺の助けを待ってるんだ、俺は行くぞ
ーー!!
608：名無しの召喚術師　ID：Hj9FQ-5
逝ったか……その子が森に入っていったの1時間くらい前だから、どっちに
しても手遅れなんだが。
＞＞605
死神ってなんぞ？　NPC？
609：名無しの軽戦士　ID：PsA43Rd
いや、プレイヤー。βテストで結構有名だったんだけど、夜中にだけインす
る最強のPK狩りって言われてた。
610：名無しの鍛冶師　ID：sFh5-HE
ああ、俺も聞いたことある。どのプレイヤーも後ろから首狙いのクリティカル
一発で倒されてて、狩られたプレイヤーは誰もその姿をちゃんと見てないとか。
銀髪の女の子らしいって話も、偶然助けられたっていうプレイヤーが言って

ただけで、本当かどうかよく分からないんだよな。
611：名無しの薬剤師　ID：L92ghSa
うわあ、PKも死神ちゃんもどっちも怖いなあ。俺はのんびりスローライフを満喫することにするよ。
612：名無しの召喚術師　ID：Hj9FQ-5
そんなヤバいプレイヤーを助けに行ったVV607の運命や如何に。
613：名無しの戦士　ID：5hSed7A
おう、戻ったぞ。
614：名無しの召喚術師　ID：Hj9FQ-5
早いなwどうだった？
615：名無しの戦士　ID：5hSed7A
森に入った途端ハウンドウルフ4体に囲まれて死に戻ったよチクショウ！
615：名無しの召喚術師　ID：Hj9FQ-5
wwwww
616：名無しの鍛冶師　ID：sFh5-HE
草
617：名無しの薬剤師　ID：L92ghSa
えーww

６１８：名無しの軽戦士　ＩＤ：ＰｓＡ４３Ｒｄ
せめて少しくらい捜してから死に戻れよｗ

６１９：名無しの戦士　ＩＤ：５ｈＳｅｄ７Ａ
いや、無理だよあんなんｗサブ職業就いたらまたリベンジするわ。

６２０：名無しの鍛冶師　ＩＤ：ｓＦｈ５ＩＨＥ
そこまで行かなくてもなんとかなるだろうけど、ソロだと不意打ちが怖いからな。まあ、レベリングで戦うような相手じゃないよ。

６２１：名無しの戦士　ＩＤ：５ｈＳｅｄ７Ａ
仕方ないから、今は大人しく昼間の森でレベリングすることにするよ。サブ職業就くとレベル上がるの大分遅くなるみたいだから、数日中に行ければ大して差はないし。

６２２：名無しの鍛冶師　ＩＤ：ｓＦｈ５ＩＨＥ
それがいい。せっかくのゲームなんだから無理せず楽しく行こうぜ。

６２３：名無しの薬剤師　ＩＤ：Ｌ９２ｇｈＳａ
そうそう、俺みたいにな！

６２４：名無しの召喚術師　ＩＤ：Ｈｊ９ＦＱＩ５
お前の場合は遅すぎだってｗ

第三章　下準備とパーティ結成

チンッと音が鳴って、ポップアップトースターから焼き上がったトーストが飛び出してくる。

別に、トースターなんて時代錯誤な物を使わなくても、キッチンにちゃんとその機能も備わってるんだからそっち使えば？　なんて子供ながらに思ったりしたこともあるんだけど、お父さん曰く「これがないと朝って感じがしない」とのことで、今では私もすっかり慣れ親しんでる。少なくとも、こうしてお父さんがいない朝にも使ってるくらいには。

「はいお兄、せめて塗るくらいは自分で出来るよね？」

「いや、それくらいさすがに出来て当たり前だからな？　お前は俺をなんだと思ってるんだ？」

「ダメお兄だけど？」

「ひでえ!?」

ゲーム以外はダメダメなお兄といつものやり取りをしつつ、トーストにジャムを塗って、そのままサクリと一口。

少しだけ焦げ目のついたトーストの香ばしい匂いと、ジャムから漂う果物の香りとが混じり合い、朝の寝ぼけた頭を優しく起こしてくれる。

味のほうは簡単に作っただけに、特別絶賛するほど美味しいわけじゃないけれど、早くて安くてそれなりに美味しいこの味は、軽い朝ご飯にはぴったりだ。

「澪、そういえばお前、ギルドには入らないのか？」

「ギルド？」

さっさと一枚目を食べ終え、二枚目をねだるように私に食パンを渡してきたお兄が、そのついでとばかりに尋ねてくる。

昨日の今日で、それが《MWO》の話だってことは分かるけど、突然ギルドと言われてもすぐにはなんのことか分からない。

「早い話、SNSのグループチャットみたいなもんだよ。特定の仲のいいメンバーで集まって、イベントとか、レイドクエストみたいな多人数参加前提のクエストとかを一緒に攻略するんだ」

「へ〜」

「良かったら、俺のギルドに入ってもいいけど」

ゲームを始めて一日が経って、私のフレンドはお兄の他にはまだウル一人。

ずっとオフラインの育成ゲームばっかりやってた私だけど、さすがにオンラインゲームをやってて誰とも関わらないのもなんだかなぁって気はするし、ギルドに入るのもいいかもしれないけど……。

「でもお兄のギルドってことは、ガッチガチのトップ集団とか、そんなんでしょ？　私じゃ付いていけないよ」

「ま、まあそうだけどさ。ほら、美鈴もいるぞ？」

「むぅ……お兄はともかく、美鈴姉とやれるならそれもいいけど……」

でも、やっぱりお兄とその同類の人達のペースに付いていける気がしないんだよね。ライムを育てて見返すとは言ったけど、今出遅れてるのも事実だろうし。

「やっぱり、私はいいよ。ライムがちゃんと胸張って自慢出来るようになったら、また考える」

「その頃にはお前、自分でギルドとか作ってそうだなぁ。まあいいけど」

「さすがにそれはないよ～」

ギルドって言われてもよく分からないし、そもそもそんなに知り合いが出来るかも分からないし。

「どうだかな……っと、ああそうだ、今日お前、昼から用事あるのか？」

「うん？　ないよ、《MWO》やるくらいで。何かあるの？」

「昨日、お盆の予定確認するために叔母さんと連絡取ってな。その時竜也（りゅうや）とも話したら、どうやらあいつも《MWO》やってたみたいで、俺も澪もやってるんだぞって話したら、そのまま流れで今日は美鈴も誘って一緒にやることになったんだよ。澪もどうだ？」

「えっ、竜君もやってたの!?　やるやる、絶対やる！　ていうかお兄、そういう大事な話はもっと早く言ってよ！」

神代（かみしろ）竜也。私の従兄弟（いとこ）で、一つ年下の中学一年生。

小さい頃は家が近くて、シングルマザーだった叔母さんの代わりによく私やお兄が面倒を見てたこともあって、ほとんど姉弟同然に育ってきた。

けど、三年前に叔母さんが再婚したことを切っ掛けに遠くへ引っ越しちゃって、それ以来はお盆や正月に顔を合わせるだけになっちゃってる。

お兄と違って素直で可愛くて、剣道一筋って感じだった竜君がまさか《MWO》をやってたなんて、正直びっくりだ。

「仕方ないだろ、昨日はお前も寝る前はずっと《MWO》にインしてたんだから」

「うっ」

いつもは私がお兄に言っている言葉を、そっくりそのまま返されて、思わずたじろぐ。

昨日の夜、ちょっと《東の平原》の夜空を見たら寝るつもりだったのに、麻痺が解けた後もライムを抱いて可愛がりながらしばらくの間見続けたせいで、ログアウトしたのは日付が変わった後だった。

夜更かしばっかりするなといつも言っている私がこれじゃ、まるっきり立場がない。

「ま、まあそんなことより、いつどこに集まればいいの？」

流れの悪さに、強引に話題転換を試みると、お兄も特にそれをネタに弄る気はなかったのか、すぐに答えてくれた。

「場所は《グライセ》の中央広場にある、転移ポータル前だな。昼の二時頃に集まろうって話になってる。一応集まったら何するかまた相談するけど、特に何かしたいってのがないなら、《東の平原》の途中にある《コスタリカ村（むら）》ってとこまで開通させようって話になってる」

「開通？　道でも作るの？」

「ポータルを登録するんだから、あながち間違ってはないか？　要は、フィールドボスを倒しに行くんだよ」

フィールドボスと聞いて、私の体に思わず緊張が走った。

昨日の戦闘を経て、それなりに戦えるようになったとは思ってるけど、それはあくまで雑魚モンスター相手での話だし、その雑魚モンスター相手でも、一対一でやっと勝負になる程度。新しいアイテムを作ったって言っても、それでどこまで通用するか不安にもなる。

「そう心配そうな顔するな。コスタリカ村の前にいるフィールドボスはそこまで強くないから、最悪俺と美鈴の二人でも倒せる。と言っても、それじゃあ経験値が入らないから、澪や竜也にも戦って貰うけど」

「ならいいけど。竜君って強いの？」

まだ何も言ってないのに、私の不安を見透かしたようなことを言うお兄にちょっとだけ唇を尖(とが)らせつつ、もう一つの懸念事項について知っているのか聞いてみる。

竜君は、リアルでは私よりも小柄な体格にもかかわらず、まだ一年生なのに全国大会に行っちゃうくらい強いけど、だからってゲームの中でまで同じように強いとは限らない。むしろ、人によってはリアルと仮想世界の微妙な差異に戸惑って、普通の人より弱くなることもあるって聞いたことがある。

これがまた個人差があるらしくて、全員が全員当てはまるわけじゃないみたいだけど。

「さぁな。とりあえず一緒に戦ってみれば分かるだろ」

対するお兄の返答は、要するになるようになるさという適当なもの。

こんなんで本当に大丈夫かなぁ、とも思うけど、別に命懸けの戦闘に行くわけでもないし、これくらい緩いほうが楽しめるかな？

「そういうことなら、私も早めにインして色々準備しておこうかな。ごちそうさま！」

「えっ、もう？　あの、澪さん？　本日の我が家の昼飯は？」

「カップラーメン残ってるでしょ？」

「またかよ!?　お前、毎日カップラーメンばっか食ってると太るぞ！」

「お兄……本当に私が太れると思ってる？」

「その部分については思わんな。……って、ちょっ、待っ、ぐはぁ!?」

試しに両手を自分の胸に当てながら聞いてみた私の質問に、お兄は一瞬の遅滞もなく即答してくれたから、お礼の鉄拳(グー)パンをくれてあげた。

ほんと、お兄はデリカシーないんだから。

「自分で聞いといてひでぇ……」

「それでもオブラートに包むとかするのが、男の甲斐性ってもんだよ！」

「お前それ、甲斐性の意味間違ってるからな!?」

ぎゃーぎゃーと、いつものように二人でひとしきり騒いだ後、私は自分の部屋に向かい、ベッドに飛び込むなりVRギアを被る。

そして、《MWO》の世界へとログインした。

「ライム、おはよ～！」

私がログインしたのは、《東の平原》にあるセーフティエリア。フィールドに点在する、いわば安全地帯だ。

ぶっちゃけ、《東の平原》は前半部分全部が安全地帯と言って過言じゃない気がするけど、下手にセーフティエリア以外でログアウトすると、残ったアバターがPKにキルされて、所持金やアイテムを奪われる可能性もあるから、ログアウトする時はきっちりセーフティエリアか街の中でしろっていう、お兄の忠告を守った形だ。

そして、私がログインするのと同時に、どこからともなく召喚されたライムをすぐさま抱き上げ、頬擦りする。

はあ、今日もぷるぷるの感触が気持ちいい。

「でもちょっと元気ないね。あ、お腹空いた？」

一応このゲームでは、プレイヤーがログアウトしている間はペットモンスターも使役モンスターも満腹度が減ることはないし、昨夜はログアウトする前に《魔物の餌》をあげたから、システム的には減ってるわけがないんだけど、ライムとしてはそれとは関係なくお腹が空いてるらしい。やっぱり食いしん坊だ。

「んー、そろそろ私も満腹度が辛いし、こっちでも朝ご飯食べないとなー」

昨日のお昼から始めて、半日くらいはポーション以外何も口に入れなかったわけだから、当然のように満腹度ゲージは減り続けて、今は全体の一割ほど。さすがにゲームの中で空腹感もないとはいえ、餓死は嫌だ。

「というわけで、早速ご飯作ろうっと。元々、そのために取った《調合》スキルだしね」

専用のご飯でなくても、ポーションなんかを飲んでも多少は満腹度も回復する。

とはいえ本当なら、《料理》スキルでも取って、ちゃんとしたのを作ったほうが早いんだけど、昨日ハウンドウルフと戦って上がったレベル分のSPは別のスキルで使う予定だし、今はこれで我慢するしかない。

幸い、昨日使いすぎずにとっておいたから、《薬草》だけならいっぱいあるし。昨日の今日で使うことになるとは思ってなかったけど。

「せっかくだし、食材アイテムと混ぜながら作ってみようかな」

特に調合レシピの必要素材に載っているわけでもない、キノコや木の実みたいな食材アイテムの数々。

せっかくだから、この辺りを薬草と一緒に混ぜてポーションを作ってみようかな。上手く効果が上がってくれなくても、少しでも味が変わってくれれば、飽きずに飲み続けられそうだし。

「ライム、ちょっと待っててね、今ご飯……じゃないけど、作ってあげるからね〜」

自分で言いながら、次はちゃんと《料理》スキルを取ってお腹に溜まりそうな物作ってあげなきゃなあ、と思いつつ、ポーションを作っていく。

思ってた通り、余計なアイテムを混ぜても、ちゃんとアイテム化した。

もちろん、そのほとんどは効果が変わることもなく、むしろ下がる物だってあったけど、味だけはどれもちゃんと変化があった。

美味しくなったかというと、そうでもないんだけど。

「んー、なんだかイマイチ……」

どれもこれも、雑味が増えるばっかりで、あまり飲みたいと思える味じゃなかった。じゃあライムはどうかというと、こっちもそんなに好みじゃない様子。

とはいえ、私もライムも揃って腹ペコ状態なわけだから、味が多少悪くてもちゃんと全部飲まないといけない。うーん。

「次もダメだったら、後は普通に作ろーっと」

プレイ二日目にしてすっかり慣れてしまった、薬草をゴリゴリ擂り潰す作業。それが終わり、ビーカーに入れたら、そこに水の代わりに《ハチミツ》を入れる。

このハチミツ、地面に落ちてる蜂の巣を手に取ったら入手出来るんだけど、これまたなぜか綺麗に瓶詰め状態でインベントリに入ってて、しかも一本が普通にポーションくらい大きい。とてもじゃないけど、そのまま使ったら多すぎる気はする。

とはいえ、調合中に使い切らず、中途半端に消費したアイテムも消えてなくなっちゃうし、勿体ないからひとまずは全部使ってみることに。

「これはちょっとやりすぎたかも？」

見るからに薬草の蜂蜜漬けって感じになったそれを、そのまま混ぜてみたけれど、いつまで経っても擂り潰した薬草が溶ける様子がない。

これは失敗したかな？　と思いつつ、試しにアルコールランプで温めてみる。

それでもやっぱり変わらず、仕方ないから後追いで水も加えてどんどん混ぜていくと、ついに薬草が溶け始めた。

「あっ、いけそう」

上手くいきそうな手応えに、調子良く混ぜ続ける。

そうして、薬草が溶け切った後には……。

名称：ハニーポーション
効果：ＨＰが１００回復する。

「おおっ、隠しレシピ発見出来た！」

普通の《初心者用ＨＰポーション》が50回復だから、これはその二倍。うん、中々いいアイテムが出来たんじゃないかな。

ただこれ、結局水を混ぜたせいで、普段のポーションより大分多くなってたはずの液量が、アイテム化されてみれば今まで通りのサイズの瓶に収まってるんだけど、どういうことなの？　半分ずつなら倍の量作れるとか？　それともそういう仕様？

そんな疑問から、ハチミツを半分ずつ分けて作ってみたら、効果が若干高い《初心者用ＨＰポーション》が二つ出来ただけに終わった。やっぱり、そう都合良くは出来てないみたい。なんだか釈然としないけど。

「味のほうは～……んっ、すっごい甘い！」

ハチミツティーとかは飲んだことないけれど、こんなに甘いのかな？　分からないけど、ちょっとご飯のお供にするには甘いだけで、おやつ代わりに飲むならすごく美味しい。

「ライム、これはどう？」

一口飲んだ後は、ライムの試飲（試食？）タイム。出来上がったポーションの瓶をライムの前に置くと、すぐさま瓶ごとがっつき始めた。

「おわっと、もうライムったら、そんなにがっつかなくてもポーションは逃げないよ？」

そうは言っても落ち着くことはなく、勢い良く取り込んでいったライムは、食べ終わると同時にこの二日間で一番の喜びを全身で表現するかのように、ぷるるんっ！　と大きく体を震わせた。どうやら、ライムの大好物に認定されたみたい。

「えへへ、そんなに気に入った？　じゃあ、もっと作ってあげるね」

ステータスを確認して気付いたけれど、食材アイテムを使ったのが良かったのか、満腹度ゲージの回復量も普通のポーションより結構多いみたい。

これなら、《魔物の餌》や《携帯食料》がなくても当座を凌げそうだ。

「ふんふふんふふ～ん♪」

いつものように鼻歌を歌いながら、同じようにハチミツと薬草を混ぜ始める。

ただ、ライムはちょっといつも通りじゃいられなかったみたいで。

「わっ、ちょっとライム、まだ出来てないから！」

よっぽど気に入ったのか、作ってる最中に私の手元によじ登ってきて、ビーカーの中に向けてその体を伸ばし始めた。

慌てて止めようとするけれど、元々ぷるぷるとしたスライムの体は掴みづらくて、うっかりライムの全身丸ごとビーカーの中にダイブする結果になっちゃった。

「あぁー!?」

当然、中に入ってた作りかけのハニーポーションはおじゃん。幾ばくかはライムが飲んだみたいだけど、混ざりかけの状態じゃあまり美味しくなかったのか、若干しょんぼりした様子だ。

「全く、食いしん坊なのはいいけど、がっつきすぎは良くないよ？」

めっ！　と軽く怒ると、益々しょんぼりしたライムがビーカーの中にずるずると納まっていく。

なんだかスライムの瓶詰めとか出来上がりそうな様子に、おかしくなって思わず噴き出した私は、そこでふと思いついた。

「そういえば、ライムの《酸液》を瓶詰めするとか、出来るのかな？」

ライムの《酸液》はそれ自体に威力があるというより、その液体を付けられた相手が継続ダメージを受けるタイプで、たくさんかけたらかけただけダメージ量も増えていく。

だから、もし瓶詰めしてアイテムとして持っておけるなら、《毒ポーション》に続く有用アイテムになるんだけど……。

「ライム、そのまま《酸液》使ってみて」
物は試しと、瓶詰めならぬビーカー詰め状態のライムにお願いしてみる。
すると、すぐに了解とばかりにライムのＭＰが減り始め、ビーカーの中に《酸液》が溜まってい
く。
「あ、ライム、そのままだと溢れちゃうから、ビーカーの上に乗って。そう、そんな感じ」
さすがに、ライムが入ったままじゃ液体が入り込む余地もないし、軽く持ち上げる。
でも、そのままじゃ辛いから、ライムとビーカーの口元の間に漉し器を挟んで、その上に鎮座さ
せてみる。
「うーん、なんというか、これはまたすごい光景」
ぽたぽたと、ライムの体から絶え間なく液体が零れ落ちていく様は、なんだか体が溶けていって
るみたいで少し不安になる。
もっとも、ライムは戦闘中でもないからリラックスした様子で、時間をかけてゆっくりとその液
体をビーカーの中に落とし込んでいく。
「これは時間かかるなぁ。ライム、私は続きの調合してるから、そのビーカーいっぱいになるまで
頑張ってね。終わったら、ハニーポーション、いっぱい食べさせてあげるから」
元々、ライムのＭＰはあまり量がないから、自然回復させせながらだとビーカーいっぱいに溜める
のは相当に時間がかかる。
その間、ただ待つのも勿体ないと、中断していた調合を再開する。

ちゃんと言い含めておいたからか、今度は途中でライムが入り込んでくることもなく、順調に作成していくことが出来た。

そして、ハニーポーションの二本目が出来た頃に、ようやくライムが乗ってたビーカーがいっぱいになる。

名称：酸性ポーション
効果：触れた相手にダメージを与える（30秒）

「おお、ちゃんとアイテム化した！」

ビーカーが突然消えて、口が一回り小さな瓶になったことで、ライムがこてりと転がり落ちる。

そんなライムを労うように撫でながら、後に残ったポーションを手に取って確かめる。

「ていうか、ただ《酸液》を集めて入れただけなのにポーションになるなんて……もしかして、瓶に入った液体ってみんなポーション扱い？」

そんな益体もないことを呟きながら、約束通りライムに出来上がったばかりのハニーポーションをあげると、大喜びで食べ始めた。

そんな様子を見つつ、私はインベントリの中を確認する。

「……うーん、足りない」

この後に控えているのはフィールドボスとの初戦闘。いくらお兄や美鈴さんがいるからって、ライムがちゃんと育ってきてるってところを見せるには、しっかり準備して臨まなきゃならない。

けど残念なことに、昨日の夜にちょこっと集めた程度じゃ、アイテムが全然足りなかった。

「よし、ライム。今日はお昼まで、《西の森》でリベンジやるよ！　それで今度こそ、アイテムがっぽり、レベルも上げていくよー！」

おー！　と拳を振り上げる私に、ライムもぴょんっと軽く跳ねて付き合ってくれた。

《ハニーポーション》、《初心者用ＭＰポーション》、《麻痺ポーション》に《毒ポーション》、更に新しく《酸性ポーション》まで……集めなきゃならないのは山積みだけど、昨日よりもよっぽど目標ははっきりしてる。

私は活き活きとした笑顔を浮かべながら、ライムと一緒に《西の森》へ向けて走り出した。

こそこそ。こそこそ。きょろきょろ。きょろきょろ。

サッ、すたたたたっ、スッ。

ごそごそ。ごそごそ。

「リベンジすると言ったな、あれは嘘だ」

私の肩に乗って、動く度にぷるぷると揺れるライムに向けて言い訳染みたことを言いながら、私は採取ポイントから《霊草》を採取する。

《東の平原》のセーフティエリアから一転、《西の森》にやってきた私は、早速ハウンドウルフにリベンジ……なんてするわけもなく、スキルを駆使して戦闘を回避しつつ、採取に勤しんでいた。

そもそも、フィールドボスと戦うためのアイテムを作るための材料を取りに来たんであって、私としてはハウンドウルフなんてぶっちゃけどうでもいい。むしろ、戦ってたらアイテムを集める時間が減って、時間までにアイテムを目標数作れなくなっちゃうかもしれないし、出てくるなっていうのが本音だ。

「けど、さっきから本当に見ないなぁ。昨日はたまたま運が悪かっただけとか?」

今日森に入ってから見たのは、キラービーっていう大型の蜂みたいなモンスターと、キャタピラーっていうダンゴムシをカッコ良くしたようなモンスターぐらいで、動物タイプのモンスターすらいない。

それだけじゃなくて、《霊草》の数も昨夜とは大違い。夜の間は全然取れなかったのに、今は《薬草》よりも多いんじゃないかってくらいたくさん採れてる。これも時間帯による違いなのか、それとも運の問題か。うーん……。

まあ、おかげでこうして、安全確実にたくさんのアイテムを収集出来てるわけだし、細かいことはいいか。

それに、効率良く採取出来てる理由は他にもある。それが、《料理》スキルを我慢してまで得た《感知》スキルだ。

これがあれば、直接見なくても近くにいるモンスターの居場所が分かるから、繁みに隠れたままやり過ごしたり、ちょっと離れたところで顔を出して近くの採取ポイントの位置を確認したり出来て、すごく便利だ。

もっとも、そのせいでスキルスロットが足りなくて、昨夜みたいにバッタリモンスターと出くわしたら、とても戦えないスキル構成になっちゃってるけどね。

名前：ミオ　職業：魔物使い　Lv4
HP：78／78　MP：65／65
ATK：43　DEF：63　AGI：64　INT：42　MIND：63
DEX：86　SP：0
スキル：《使役Lv3》《感知Lv2》《採取Lv4》《隠蔽Lv4》《敏捷強化Lv3》
控えスキル：《調合Lv4》《調教Lv4》《鞭Lv5》

とりあえずライムは戦えるとはいえ、《鞭》スキルが控えに回ってるから、いつも戦闘の起点にしてる《バインドウィップ》が今は使えない。

かといって、代わりに《使役》スキルを外したら、ライムはスキルが使えなくなる上に、そもそも戦闘に参加出来なくなって、ただでさえ乏しい私の攻撃手段が更に減っちゃう。

一応、《鞭》スキルがレベル5になったことで《ストライクウィップ》っていう攻撃アーツも習得したけど、《蔓の鞭》じゃ攻撃力なんてたかが知れてるし。

結局のところ、どっちを外しても戦えないなら、《使役》スキルをそのままにしたほうが、ライムの《収納》スキルのレベル上げが出来る上、いざという時は《麻痺ポーション》を使って貰って時間稼ぎが出来るかもしれないし、そっちのほうが良さそうということで、こんな感じにした。

「それにしても、この感じ、お昼には《隠蔽》とか《採取》とかのレベル、《調教》より高くなってそう……」

レベルが上がるのはいいことなんだけど、こう、テイマーなのに育成関係のスキルが全然伸びてないのがなんだか……ぐぬぬ。

「ま、まあとりあえずはいいや。早く採取採取っと」

《隠蔽》スキルで身を隠し、《感知》スキルで敵対モンスターの位置を探りつつ、隙を見て《採取》スキルで採取ポイントを見つけ出し、《敏捷強化》の補正で素早くその場に行ってアイテムを採取する。

それを繰り返すことで効率良くアイテムを集めていき、そうしてるうちに《隠蔽》、《感知》、《採取》、《敏捷強化》のレベルがどんどん上がっていく。それはもう、昨日までの苦労はなんだったのかってくらいに。

ただ、戦闘もしていなければ生産活動してるわけでもない以上、私自身のレベルは一つたりとも上がらないんだけど。

「さてと、そろそろアイテムも集まってきたし、セーフティエリア探して調合を……ん？」

そんな事実から目を逸らしつつ、アイテムを拾い集めること早二時間。

《酸性ポーション》の作成はタダな代わりに時間がかかるし、そろそろ調合に取り掛からないとまずいかなぁ、なんて思い始めた時、不意に誰かの声が聞こえてきた。

「誰だろ、プレイヤーかな？」

なんだかんだ言って、他のプレイヤーは街中ではすれ違うけど、こういうフィールドで会うことはほとんどなかったから、ちょっとだけ興味が湧く。

けど、さすがに無防備に出ていったら、またモンスターに囲まれるかもしれないし、そうでなくてもＰＫみたいな物騒な人達かもしれないし、念のため《隠蔽》スキルは使ったまま近づいていく。

けどそんな不安は、声のした場所にたどり着いた瞬間、別の驚きでもって消し飛んだ。

「ふっ、我に歯向かう愚かな羽虫共め、我が深淵の闇の炎で消し去ってくれよう!!」

そこにいたのは、たくさんのキラービーやキャタピラーを前にした、一人の女の子だった。

いかにも魔法使いですと言わんばかりの黒を基調としたローブに身を包んだその子は、どこにそんなものが売ってたのかって聞きたくなるような、見事な指ぬきグローブと、左目を覆う眼帯を着けて、これまた見事にカッコ良さげなセリフを叫んでいる。

うん、これはもう、あれだね。完全に、私と同年代の子が時々かかっちゃうあの病気だね。さすがに、ここまでぶっ飛んでると私でも分かっちゃうよ。何せ、お兄にもこんな時期あったし。

「世界の全てを焼き尽くせ、原典に記されし黙示録の炎よ！　《ファイアストーム》!!」

などと考えている間に、その女の子が片手で眼帯をむしり取りながら杖を突き出し、魔法をぶっ放す。

一応言っておくと、このゲームで魔法を使うには、詠唱時間(キャストタイム)が終わるのを待つ必要はあっても、本当に口に出して詠唱を言う必要はない。

だから、あの子が直前に唱えてるのは、いわばロールプレイの一環で、特にやる意味はなかったりする。けど、まあ、すっごいノリノリで楽しそうだし、そういう野暮なことは言っちゃダメなんだろう、多分。

ともあれ、そうして発動した魔法そのものの威力はものすごかった。

たった一発の魔法で、女の子に群がってきた虫型モンスター達が綺麗に一掃され、一体も残ってない。

魔法の長所は広範囲攻撃による面制圧で、今みたいに一斉に群がってくる敵を倒すには一番向いてるとはいえ、まさか一発で全部倒しちゃうなんて。

分かってたことだけど、こうして改めて他のプレイヤーの戦闘を見ると、私とライムがどれほど弱いか見せつけられたみたいで、なんだか悔しい。

「ふははは！　我が覇道に敵はなし！　何人たりとも阻(はば)むことは出来ぬのだ！」

高らかに笑いながら、意気揚々と叫ぶ女の子。そんな彼女を複雑な心境で見つめていたら、ふと気付いた。

「あれ……撃ち漏らし？」

繁みの奥から、別のキラービーが一体現れる。

最初は、さっきみたいな強力な魔法もあるんだし、あれくらいどうってことないと思って特に気にしなかったけど、女の子は特にキラービーに気付いた様子がない。戦闘は終わったとばかりに、その場でまた決めポーズなんて取り始め、それっぽく背を向けてローブをはためかせたりなんてしてる。

そして、当たり前だけど、モンスターのほうはプレイヤーの決めポーズ中は攻撃しないとか、そんな親切な設定はない。キラービーは一直線に、隙だらけの背に向けて突進し始めた。

ああもうっ！

「そこの子、危ない！」

「むっ？」

叫びながら、私は全力で繁みから駆け出す。

リアルでは、そこまで足が速いわけでもない私だけど、ここはゲームの世界で、しかも《敏捷強化》の効果でシステムアシストが入ってる。そのおかげで、まるで動く床の上を走ってるみたいに、私の体は瞬く間に加速して女の子の元へとたどり着き、そのまま女の子を突き飛ばした。

「わわっ!?」

「ライム、《麻痺ポーション》!!」

驚き、尻餅をつく女の子を尻目に、私は肩の上のライムに素早く指示を飛ばしつつ、掌を向ける。

主語のみの、簡潔すぎる指示。たとえ相手がプレイヤーであってさえ、ちゃんと伝わるか怪しい物だけど、それでもライムは間違うことなく、それに応えてくれた。

　ぷっ、と掌に向けて吐き出されたポーション瓶を、私は確認する時間すら惜しんで、目の前まで迫ってきたキラービーに投げつける。

「きゃあっ！」

　ポーション瓶がぶつかって割れ、その液体を被ったことで、キラービーは即座に《麻痺》の状態異常にかかり、体を硬直させた。

　けど、だからといって目の前まで突進してきていたその体が急に止まるわけでもなく、体当たりされるようにして私の体は弾き飛ばされた。

「だ、大丈夫!?」

「ライム、今のうちに早く!!」

　地面を転がり、吹き飛んだライムが木にぶつかってべちゃっと潰れるけど、ＨＰはまだ残ってたから、すぐに元に戻る。

　けど、だからって状況がいいかというとそんなわけでもなく、時間をかけたらまた別のモンスターが寄ってきちゃう。女の子の心配そうな声も無視して、ライムに指示を飛ばす。

　それを聞いて、ライムが麻痺したままのキラービーにすぐさま飛び掛かり、《酸液》を発動した。

「ついでにこれも！　食らえーー!!」

　更に、私はインベントリから《毒ポーション》と、まだ一つしかない《酸性ポーション》を取り出して駆け寄り、ライムを避けるようにしてキラービーに叩きつける。

ライム自身の《酸液》、それに《毒ポーション》と《酸性ポーション》まで加えて、果たしてどれくらい削れるのか不安だったけど、それは杞憂だった。

何せキラービーのＨＰは、五秒ともたず０になって、あっけないほど簡単にポリゴン片になって爆散したし。

「わお、思った以上にすごい……」

自分の攻撃手段が増えて喜んでたとはいえ、まさかこんなにあっさり倒せるなんて予想外すぎて、一瞬呆ける。

けど、すぐに私の《感知》スキルに反応があって、はっと意識を引き戻された。

「っと、いけない、ほら、隠れるよ！」

「わわっ!?」

同じように呆けていた女の子の手を引いて、すぐにライムと一緒に近くの繁みに飛び込む。

《毒ポーション》はあるけど、《酸性ポーション》はあれ一つ。しかも、ライムや私は攻撃を受けてＨＰが減ってるし、こういう時は囲まれる前に逃げるが勝ちだ。

「な、何をする!?」

「いいから、しーっ」

騒ぐ女の子に向けてそう言った直後、《感知》スキルに更に反応があった。やっぱりこの森、敵モンスターに一度見つかると他のモンスターにも見つかりやすくなるみたい。

でも、まだ距離もあるからか、動きからして特に気付かれた様子もないし、近くに来ていた敵モンスター共々、むしろ遠ざかっていく。そのことに、ひとまずほっと胸を撫でおろす。

「ふぅ、なんとかなったぁ」

「お、お前！」

「うん？」

そんな私を、女の子は親の仇を見るような目でキッ！　と睨みつけてきた。

さっきは眼帯のせいで気付かなかったけど、右目が赤色、左目が金色のオッドアイになっていて、その綺麗な色合いに思わず感嘆が漏れる。それもあってか、睨まれててもちっとも怖くない。むしろ、このアバターを作り上げた頑張りを想像すると、微笑（ほほえ）ましいくらいだ。

さすがに、それを直接口に出すようなことはしないけどね。

「我は別に、助けて欲しいなどと言っていないぞ！　あの程度の敵、隠れずとも打ち倒すことは容易であったし、そもそも、最初に不意を突かれようとどうにでもなった！」

「ああ、そっか。なんだか危なそうに見えたからつい。邪魔しちゃったならごめんね？」

そういえば、人が戦ってるところに割り込むのはマナー違反だって、お兄が言ってたのをすっかり忘れてた。

見た感じ、私よりずっとレベルも高そうだし、あの状態から更にカッコ良く倒す魔法でもあったのかもしれないし、もしそうなら私はただ狩りの邪魔をしただけになる。

そう思って頭を下げると、女の子は途端に慌てだした。

「い、いや、分かったならいい。我を助けようとしたその心意気に免じて、特別に許してやらんこともない。か、感謝するがいい！」

「うん、ありがとう」

「あぅ……」

許してくれるそうだから、素直にお礼を言ってみたら、なぜか困ったように視線を彷徨(さまよ)わせ始めた。

うーん、どうしたんだろう？　あ、もしかして言葉だけじゃ足りないとか？　一応善意からとはいえ、獲物を横取りしちゃったわけだしね。代わりに何か……と、そうだ。

「それじゃあこれ、お詫びにあげるね」

そう言って私が取り出したのは、さっき作ったばかりの《ハニーポーション》だ。

本当は満腹度が減ってきたら飲もうかと思って取っておいたやつだけど、私の手持ちアイテムで、NPCショップに売ってなくて、それなりに価値がありそうな物なんてこれか状態異常ポーションくらいだけど、この子魔法使いっぽいし、状態異常ポーションはあまり必要なさそうだから、後は《ハニーポーション》しかない。

それに、素材は集まったんだから、これくらいこの後いくらでも作れるし。だからライム、そんなにしょんぼりしないの。

「なっ、こ、これは……！　《ハニーポーション》じゃないか！　まだロクに出回っていないから買いたくても買えなかったのに……ま、まさかこんな序盤で出会えるなんて……」

なんて考えていたら、女の子は私が差し出したそれを見て目を真ん丸にしながら驚いて、しげしげと眺め始めた。

　よく分からないけど、気に入って貰えたならよかった。

「こ、これ、くれるのか？」

「うん、どうぞ」

「後からお金払えって言われてもやらないぞ？」

「お詫びだから、いらないよ」

　疑り深いその様に苦笑しながらそう言うと、女の子はぱぁっと顔を輝かせ、ぐいっと一気にポーション瓶を呷った。

　おお、小さいのになんていい飲みっぷり。

「美味（うま）い!!　やっぱり《ハニーポーション》は美味いな、β版以来だったが、味が変わってないようで何よりだ！」

「ふふっ、喜んで貰えてよかったよ」

　やけに強かったけど、やっぱりこの子もβテスターだったんだなぁ、なんて思いつつも、甘々ポーションを飲んで幸せそうにしている今の様子を見ていると、さっきまで中二病全開でモンスターの群れを殲滅（せんめつ）した大魔法使いとのギャップがすごい。いや、子供っぽいっていう意味では変わってないかも？

「お前、名はなんと言う？」

「へ？　ああ、まだ自己紹介してなかったね。私はミオ。テイマーのミオだよ。こっちは私の相棒で、ミニスライムのライム」

いきなり名前を聞かれてちょっと驚きつつも、肩に乗ったライム共々簡単な自己紹介をする。ライムを紹介した時、「ミニスライム？」と首を傾げたけど、「まあ、ペットとしてなら愛嬌はあるな」と一人で納得したみたい。でも残念、ペットじゃなくて、戦闘も一緒にする相棒だよ。

「それではミオ。このような美味なるポーションを我に捧げたこと、大儀であったぞ。その褒美として、お前には特別に、我と友誼の契約を結ぶ権利をやろう！」

「へ？」

友誼の契約？　何それ？

そんな風に私が首を傾げると、少しの間沈黙が流れる。女の子のほうも、完璧な決めポーズまでしながら言ったことに、自分から補足するのは恥ずかしいのか、そのまま固まってる。つまりこれ、自力で今言った意味を解読しなきゃいけないってことだよね？

うーん、友誼の契約……友達になりたいってこと？　ゲーム的に言うならフレンド、って、ああ、そうか。

「フレンド登録したいってこと？」

「お、お前達の界隈では、そんな風にも言うな!!　しかし、我にとって、これは我が力の一端を授ける神聖な儀式だ、滅多に出来ることではないから、光栄に思うがいい!!」

ピンときたそれを聞いてみると、案の定そうだったみたいで、無駄に大仰な言い回しをしながら肯定してくれた。

うん、なんというか、お兄が中二病を患ってた時はただただイタイと思ってたけど、こんな小さい子がやってると思うとなんだか微笑ましくなるなぁ。うん、これこそ可愛いは正義ってやつだね、間違いない。

「ふふっ、ありがとう、嬉しいよ。それで、あなたの名前は？」

「ふっ、よくぞ聞いてくれた。我が名はダークネスロード!!　深淵の支配者なり!!」

気を取り直し、態々（わざわざ）眼帯を着け直してからビシィ！　っとポーズを決め直す女の子……もとい、ダークネスロードちゃん。

うん、可愛いけど、名前長い。

「それじゃあよろしくね、ネスちゃん」

「ね、ネスちゃん!?　私をそんななよっとした名で呼ぶな！　ちゃんとダークネスロードと呼べ！」

「えー、ネスちゃんのほうが呼びやすいし、可愛くない？」

「我はかっこいいほうが良い!!」

「あははは、ごめんごめん、ネスちゃん」

「こらっ、頭を撫でるな！　こ、子供扱いするなーーー!!」

私の目線くらいの高さにある頭を撫でてみると、ネスちゃんは憤慨してぷんすかと拗（す）ねる。

そんな彼女をまあまあと宥めつつ、よく考えたらまだ危険地帯の真っ只中だったことを思い出した私は、セーフティエリアに向けて移動することに。

そんな私の後ろを、ネスちゃんはトコトコと付いてくる。うん、やっぱり可愛い。

「私、これからセーフティエリアでアイテムの調合するんだけど、ネスちゃんはどうするの？」

「調合？　つ、つまり、またさっきの《ハニーポーション》を作るのか？」

「うん、それだけじゃないけどね。私ってほら、あんまりネスちゃんみたいに強くないから、アイテムたくさん作ってそれを補わないといけないんだ」

「ならば、我も付いていこうではないか!!」

あははっと自嘲気味に笑いながら言うと、なぜかネスちゃんは目を爛々と輝かせながら詰め寄ってきた。

えぇ、今のどこにそんなに熱を入れる部分が？

「いいけど、本当にただ調合するだけだよ？　見ててもあんまり面白くないと思うけど……」

「構わん。ミオが調合している間、邪魔が入らんように守ってやろう、その代わり……」

「その代わり？」

「……ま、また《ハニーポーション》を譲ってくれ」

消え入りそうな声で、恥ずかしそうに顔を逸らしながら言うネスちゃんに、私は思わず噴き出した。

「わ、笑うな！　ただ、我が知識を持ってしても、あのようなポーションは作れぬからな、集めて有効活用しようと、そ、それだけだ！」

「はいはい、分かってる分かってる。《ハニーポーション》で良ければたくさんあげるから」

「だから、撫でるなーー!!　もういいっ、ほら、次は同志の契約を結ぶぞ、契約の書だ、早く受け取るがいい！」

「パーティ申請ね、ありがとうネスちゃん」

「契約の書だと言っているだろーー!!」

うん、ネスちゃんからかうの楽しいなぁ、反応が一々可愛い。

そんな感じにパーティを組みつつ、ネスちゃんと戯れながら進んでいくと、すぐに《西の森》のセーフティエリアに到着した。

途中、何度かモンスターと遭遇したりもしたんだけど、ネスちゃんが全部一撃で消し炭にしてくれたから何の問題もない。魔法恐るべし。

ちなみに、パーティを組んでる分私にも経験値は入ってくるけど、何もしてないからそこまで多くはない。とはいえやっぱり、こうも楽して稼げるとパワーレベリングしたくなる人の気持ちも分かるなぁ。

ライムには絶対しないけど。

「さて、それじゃあ始めますか」

そわそわと落ち着きなく傍で見ているネスちゃんの前に、《携帯用調合セット》の中身を並べていく。

まずはビーカー一つに漉し器を添え、ライムに上に乗って貰って《酸液》を溜めて貰う。その間、《薬草》を擂り潰して《ハニーポーション》を作る準備をしつつ、《一括調合》のアーツで《シビレダケ》と《ドクの実》、《ドクの実》と《薬草》をそれぞれ消費して、《麻痺ポーションと《毒ポーション》を順番に作成する。

「結構MP消費するなぁ。けど効果は特に変わってないし、手作業での調合と並行して出来るからまあいいかな？」

擂り潰すのは案外力がいるから両手が必要で、手を使ってメニューを操作しなきゃならない《一括調合》を使えるのは《ハチミツ》と混ぜて《薬草》を溶かし込ませる工程の間だけだけど、そのほうがMPが少しだけ自然回復して無駄がない。

「な、なあ、これは何をしているんだ？」

と、そんな風に自分の作業の流れを自画自賛していると、ネスちゃんがライムを指差しながら尋ねてきた。

まあ確かに、ビーカーの上に漬物石みたいにミニスライムを置いた光景なんて、理由を知らなきゃひたすらシュールだよね。

「それはね、ライムが持ってる《酸液》ってスキルで出す液体を集めて、《酸性ポーション》を作ってるの」

「えっ、スキルで出した物がアイテムになるのか!?」

「うん。ほら、もうすぐ」

《ハニーポーション》を一つ作った後、試しに《霊草》と《ハチミツ》を混ぜて、ちょっとだけ性能のいい《初心者用MPポーション》が完成したのとほぼ同時に、ビーカーの中にライムが出した

《酸液》が一定量溜まって、そのままポーション瓶に姿を変える。

ころんっと落ちたライムに新しいお仕事を渡しつつ確認すれば、ちゃんと《酸性ポーション》と表示された。

「ほ、本当だ……」

知らなかったのか、ネスちゃんが驚いた顔で目を真ん丸にしている。

βテスターのネスちゃんが知らないなら、もしかしてこれって結構貴重な情報だったりする？

まあ、ミニスライム自体、不本意ながら人気なかったみたいだし、正式版からの救済策って可能性もあるけど。

「しかし、所詮はミニスライムの攻撃を溜めただけだろう？　使い道はあるのか？」

「さっきキラービーを倒すのに使ったアイテム、それだよ？　ネスちゃんの魔法ほどじゃないけど、そこそこ強かったでしょ？」

「えっ、これが？」

実際には《毒ポーション》と一緒に使ったから、どっちのダメージ比率が大きかったのか分からないけど、そこはまあ後々検証すればいいや。

「ミニスライム……ただの最弱モンスターではなかったのか」

「ふっふーん、うちのライムは特別だからね」

どやぁ、と二つ目の《酸性ポーション》を作ってる最中のライムに代わってドヤ顔をしてみれば、おおっ……とネスちゃんがどよめく。

いくら《酸性ポーション》があっても、まだまだネスちゃんと比べれば弱い部類だろうけど、こうして少しずつミニスライムに対する評価を改めていかないとね。

それでいつか、ミニスライムを使役するテイマーでこのゲームを溢れさせてみせる!!

「いやまあ、それはさすがに無理か。あははは」

「む？　何を一人でブツブツ言っているのだ？　魔界とのパスでも繋がったか？」

「ああ、ごめんごめん。気にしないで」

いけないいけない、周りに人がいる中で自分の世界に浸って独り言とか、これじゃあ私のほうがよっぽど中二病だよ。気を付けないと。

「それより、我の《ハニーポーション》はまだか!?」

「分かったって。あ、そういえば、私もライムもＨＰ減ったままだった、先飲まなきゃ」

「う～……！　ずるいぞ！　我にも寄越せ！」

「ごめんごめん、まだあるから、はいこれ」

「全く……」

ぶつくさと文句を言いながらも、一口《ハニーポーション》を飲めば、すぐにほわわ～んっと笑顔になるネスちゃんにくすっと笑いつつ、私もライムに一瓶丸ごと食べさせつつ、自分の分を取り出す。

そこでふと、そう言えば一つまだ聞いてないことがあったのを思い出した。

「そういえば、ネスちゃんって今レベルいくつなの？」

何気なく出てきた答えに、思わず口に含んだ《ハニーポーション》を噴き出す。

「ああーーー!!　勿体ない！　何をしているのだミオ!!」

「だ、だって、びっくりして……えっ、19レベル？　9レベルじゃなくて？」

私、まだ4レベルなんだけど……。

「そこらの有象無象と一緒にするな、我こそは、偉大なる深淵の支配者、ダークネスロードだぞ!!」

またもキリッ！　とポーズを決めながらそう名乗りを上げるネスちゃん。

うん、なんというか、全然すごそうなプレイヤーに見えない。

あ、でもそれならもしかして、これから私が戦うモンスターについても知ってるのかな？

「ネスちゃんってすごいんだねー。じゃあもしかして、《コスタリカ村》に行く途中に出るっていうフィールドボス、もう倒したりしたの？」

「む？　ああ、もちろんだ。とはいえ、やつは魔法に弱いからな、大して自慢にもならん」

「一人で？」

「うむ」

若干棒読み気味に褒めながら聞いてみると、案の定討伐済みだったみたいで、なんてことないように言ってのけた。

口ぶりからして、本当に相性が良かったんだろうけど、それにしたってボスを一人でなんてすごい。

「実は私、この後何人かでそのボスを倒しに行く予定なんだけど、何かアドバイスってない？ちょっとしたことでいいから教えて欲しいな？」

「ふむ、教えてやるのはやぶさかではない。しかし、何かを得ようとするなら、それ相応の対価がなければ……よし、では教えてやろう」

スッと二本目の《ハニーポーション》を渡してみたら、あっさり教えてくれた。うん、この子、すごいプレイヤーではあるんだろうけど、実はすごいチョロイ子なのかも。

「まず一つ。ミオ、お前が今、スキルで作っている状態異常ポーション。そのボスには通じないぞ」

「えっ」

内心でしめしめとほくそ笑んでいた私に、いきなりぶち込まれた第一声。

それを聞いた私は、思わず手に持っていた乳棒を取り落とし、しばらくの間、呆然と固まってしまった。

ネスちゃんとは、お昼にログアウトする前に別れた。

去り際、色々と教えてくれたお礼に《ハニーポーション》を五つくらい上げたら、口では「ど、どうしてもと言うなら貰ってやろう！」なんて言ってたけど、顔のほうは実に嬉しそうにふにゃふにゃになってたし、どこからどう見ても喜んで貰えたみたいでよかった。《ハニーポーション》、こんなに嵌って貰えるなら、いっそ竜君や美鈴姉にも少し分けてあげるのもいいかも。

なんてことを考えながら、一度お昼休憩を挟んで再びログイン。適当に、中央広場のベンチに座ってみんなが来るのを待つことに。

「うーん、一時か……まだ一時間あるなぁ」

メニューから時間を見て、少し早く来すぎたかとぼやく。

これなら、もうちょっと調合とかしててもいいかもしれない。ただでさえ状態異常系のポーションが役に立たないって分かった以上、《酸性ポーション》は一つでも多く欲しいし。

とはいえ、いつもの場所だとやりすぎて時間が過ぎちゃうかもしれないし、やるならここで、あまり邪魔にならない形で、かな？

「よいしょっと……ライム、お願いね」

とりあえず、ライムをビーカーの上に添えて《酸性ポーション》を作りつつ、自分は膝の上で余ってる《毒消し草》と《薬草》を擂り潰して、纏めてビーカーの中で水と一緒に混ぜ合わせる。

名称：解毒ポーション
効果：毒状態を一段階緩和する。

よしよし、完璧完璧。

今のところ、プレイヤーを状態異常にするモンスターっていないから、特にすぐ必要ないのもあって作ってなかったけど、もしかしたら美味しいかもしれないしってことで、とりあえず一つ作ってみた。

「まずは一口……っ、うぇ、苦っ！　何これ、薬？」

ＨＰポーションを飲んでた時とは違う、いや～な苦味が口の中に広がり、顔を顰める。

なんと言うか、小さい頃に飲んだ液状の飲み薬。あれを多少マイルドにした感じかな？　正直、これは使うとしても、飲まずにぶっかけて使いたい。

「ライム、これはどう？」

とはいえ、ライムには《麻痺ポーション》を麻痺してでも食べたがった前科がある。

私には到底美味しく思えなかったあの味を、喜んで食べてしまえるライムなら、あるいはこれも気に入るかもしれない。

そんな風に思ってあげてみれば、案の定それなりに気に入ったみたい。ぷるぷるっ、と、嬉しそうに体を震わせた。

えー……。

「ライムの好みは私にはよく分からないよ……」

今の反応からして、《ハニーポーション》ほどじゃないけど、《初心者用ＭＰポーション》よりは上……抹茶風ポーションこと《特濃初心者用HPポーション》くらい？　には美味しかったみたい。

一応、《ハニーポーション》と《麻痺ポーション》は甘い系の味だけど、《初心者用MPポーション》だって甘いのに特別好きなわけじゃないみたいだし……濃いめの味が好きなのかな？　今度、ボス戦が終わったらもう少しちゃんと調べてみようっと。

なんて考えつつも、せっかく作ったんだから、今後のためにもストックしておこうかと思って、解毒ポーションをいくつか追加で作成しておく。

「ねえ、君一人？」

「へ？」

そんな風に、始まりの街の中央広場にいることも忘れて、いつもの調子で調合していたから目立っていたのか、気付いたら、目の前に男のプレイヤーが立っていた。

にこにこと、人好きのする笑顔で話しかけてきたけれど、私は逆に警戒レベルを一段階上げる。

なんて言うか、前に街中で見たナンパ男と似たような感じがする。

まあ、その時は私が声かけられたわけじゃないんだけどね！

「良かったらさ、俺とパーティ組まない？　レベル上げでもクエストでも、手伝うよ？」

やっぱり!!　いやー、リアルじゃ一人で歩いてても一度だってナンパされたことないのに、ゲームになった途端されるなんてね。……胸なの？　やっぱり胸の大きさなの？　そういえば、前に街中で見たナンパ男に声をかけられてた女の人も、かなり胸の大きいお姉さんだった気がする。

……男なんてみんな滅べばいいのに……。

「すいません、私これから待ち合わせがあるので、またの機会にお越しください」

「そ、そう。なら、せめてフレンド登録だけでもどうかな？」

内心の荒れ狂う空模様はおくびにも出さず、笑顔を張り付けて無駄に懇切丁寧にお引き取り願った。美鈴姉直伝、笑顔の圧力ってやつ。

そしたら、ナンパ男は一瞬怯えたようにたじろいだものの、すぐに気を取り直してフレンド登録を迫ってきた。

あれれ？　おかしいな、我ながら完璧な鉄面皮だと思ったのに……まだまだ私じゃ、美鈴姉みたいにカッコ良くあしらえないかー、残念。

さて、それでフレンド登録か。ウルやネスちゃんとはもうしちゃってるけど、一応お兄からもあんまり簡単に登録するなって言われてるんだよね。だから今更ではあるんだけど、それでもこの人とはちょっと。

「いえ、あまりフレンドを増やしすぎても、私みたいな初心者には管理しきれませんから。すみません」

「初心者なら尚更さ、俺なら色々アドバイスとかも出来ると思うし」

うぐぐ、そう来たか。やっぱり、リアルでこうやって声をかけられる機会なんてなかったから、美鈴姉から多少聞きかじった知識だけじゃ上手く捌けないや。

さてどうしようと悩みながら、なんとか諦めて貰おうと、あの手この手で帰らせようとするんだけど、この男も大概諦めが悪くて、揚げ足取りみたいに細かな発言を拾っては逃げ道を塞いでくる。

ああもう、鬱陶しいなぁ。

「いいからさ、ほら行こう」

ついに痺れを切らしたのか、ナンパ男は私に手を伸ばしてくる。

このゲームには、ハラスメント行為を防止するために、プレイヤー同士の接触を制限する機能があって、初期設定だと『フレンド、パーティメンバー以外による故意の接触禁止』だ。

だから、当然こういう強引な手段はすぐにシステム的に弾かれるし、繰り返すようなら強制ログアウトと同時に自動で通報までされる。

そういうわけで、私自身それほど慌てることもなく、むしろ触れるもんなら触ってみろとばかりにベンチに深く腰掛けたままだったんだけど……その手が私に触れることはなかった。

「この人は僕と待ち合わせていたんです、やめて貰えませんか？」

触れる直前、ナンパ男の手を掴み、強引に止めたのは、やや長めの黒髪を、後ろで軽く纏めた男の子。

当然、経緯はどうあれそんな掴み方をすれば、たとえ同性であってもすぐにハラスメント防止コードが働いて手が弾かれるんだけど、最初からそうなることは分かっていたようで、特に驚いた様子はない。

「君がその子と？　一体どういう関係なんだ？」

そんな突然の乱入者に対して、ナンパ男が鋭く問いかける。

それは私も気になるから、ちょうどいいと思って大人しくそのやり取りを傍観してみることに。

私の知り合いに、こんな凛々しい同年代の子なんていないし……っていうか、待ち合わせ？　てことは……。

「従兄弟なんですよ。今日は一緒にゲームしようって約束していましてね」

「えぇ!?　竜君なの!?」

ちょっ、あれぇ……!?　ついこの間会った時は、もっと小さかった気がするんだけど。成長期だからかな？　成長するの早いなぁ……って、これアバターだからリアルとは違うかもしれないのか。

私もどことは言わないけど結構弄ってるし。

「ちょっ、澪姉！　ゲームでリアルネーム呼びはダメだって！　僕のことはリッジって呼んで！」

「あ、ご、ごめん」

いや、つい反射的に謝っちゃったけど、竜君もリアルネームで呼んでるじゃん。私の場合、リアルもゲームも同じ名前だから一緒だけどさ。

「なるほど。それじゃあリッジとやら、こういうのはどうだ？」

私達のやり取りで、嘘はないと分かったらしいナンパ男は、メニュー画面を開いて何かをぴぴっと操作した。

するとその直後に、竜君改め、リッジ君の目の前に、『フレッドから決闘の申し込みが来ています。受理しますか？　Ｙｅｓ／Ｎｏ』とかいうウインドウが現れた。

えっ、決闘？　なんで？

「君が勝ったら、この場は大人しく帰るとしよう。その代わり、俺が勝ったら今日のところは君が

帰れ」

いやいやいや、いきなり何言っちゃってるのこの人、受けるわけないじゃん。そんな条件じゃ、こっちにメリットが何一つないし。

「分かった。受けて立つよ」

「えぇ!?」

と思ったら、即決でリッジ君が『Ｙｅｓ』のボタンをタップし、決闘が受理される。これで、もうどちらかがＨＰを全損させるか降参するまで、他のプレイヤーは介入出来ない。

「ちょっ、リッジ君、本気なの!?」

「大丈夫だよ、負けないから」

自信満々にそう言ってのけたリッジ君に、ナンパ男は鼻白む。けど、すぐに気を取り直して、私のほうを見た。

「君も、こんな口ばかり大きな従兄弟を持って大変だね。すぐに追い返してあげるから、待っていてくれ」

リッジ君をバカにされて、思わずカチンと来て腰の鞭に手が伸びかけるけど、もう決闘開始までのカウントダウンは始まってる。私がどうこうすることは出来ないし、代わりにリッジ君のほうを見た。

「リッジ君、私が許すから、コテンパンにしちゃって！　そしたら、後でなんでも一つ言うこと聞いてあげる！」

「えぇ!?　わわわ、分かった!」

顔を真っ赤にして慌てるリッジ君を最後に、二人の周りが進入禁止エリアに変わり、他のプレイヤーは立ち入れなくなる。

それに気付いて、周りのプレイヤーが「なんだなんだ?」と野次馬根性を発揮して集まってきた。

「ふんっ、逃げずに勝負を受けたことだけは褒めてやろう。けどすぐに、この俺……《竜殺し（ドラゴンスレイヤー）》のフレッドが、剣の錆びにしてあげよう!!」

進入禁止ではあるけど、音声は普通に周りにも聞こえるから、ナンパ男が背負っていた大剣を抜き放ちながら高らかに名乗りを上げれば、それを耳にした人達が更に珍しい物見たさで集まってくる。

……あの二つ名、自分で考えたのかな?　それとも本当にそれで有名だとか?

「《竜殺し（ドラゴンスレイヤー）》?　ていうと、あれか。β版で初めてドラゴンを討伐したとかいう……」

「ああ、俺も聞いたことあるぜ……」

あ、本当に有名なプレイヤーだったんだ。だとしたら、リッジ君、大丈夫かなぁ……。

と思ったけど、そんな心配は、直後に同じ野次馬から放たれた言葉で霧散した。

「けど、β版でドラゴンなんて、他に誰も見てないんだよな?　本当にいたのか?」

「一応、あいつが他に誰も行けなかったエリアまで到達してる可能性もあるとは言われてたけど……実は、ただのワイバーンをドラゴンと勘違いしてんじゃね?　って説が有力だったな」

えー……。

いや、まあ、翼竜（ワイバーン）だってドラゴンの一種だし、間違ってはいないんだけど、こう、ドラゴンじゃなくてワイバーンって聞くとなんだか、違うそうじゃないって言いたくなっちゃう。いやうん、私はワイバーンもかっこいいと思うよ？　けどやっぱりこう、イメージって大事だよね。

「で、もう一人は誰だ？　見たところ中学生くらいに見えるけど」

「あれ、見た目は当てにならないんじゃ？」

「そうだけど、体を大きくするメリットはあっても、わざわざ小さくするメリットって少ないからな。あんまり弄ると動くのに違和感があるらしいし、子供はよっぽどじゃなきゃ見た目通りだろ」

対するリッジ君は、やっぱりあまり知られていないみたい。まあ、βテストやってたわけでもないみたいだし、それは妥当かな？

ただリッジ君、さっきからずっと小声で「なんでも……澪姉が、なんでも……」って呟いてて、腰に差した剣を抜きもしないんだよね。発破をかけようと思って言ったけど、ひょっとして逆効果だった？

「ええい、集中しろ、もう始まるぞ！」

「あ、すみません」

「全く……」

ナンパ男に指摘されて、ようやく自分の剣を抜く。

同時にカウントが0になり、ナンパ男が大剣を上段に構え突撃する。

「でやぁぁ!!」

見るからに重そうな大剣を上段に構えながら、意外にも素早い動きでリッジ君に向けて足を踏み出す。

けれど──

「胴あり。一本」

「なっ……!?」

大剣を振り上げる、その一瞬の隙に、更に素早い動きで接近したリッジ君の剣がナンパ男の胴体を真横に切り裂き、そのまま走り抜けた。

うん、傍から見てるとすごい簡単にやってるように見えるけど、あれって難しいみたいなのよねー。前にお兄が剣道道場の体験会みたいなのに参加して、その時リッジ君と試合したら、それはもう哀れなくらいボコボコだったし。

「くっ、意外とやるじゃないか」

「あ、やっぱり一撃じゃ終わらないんだ」

「当然だろう、一撃決着ルールなんてのもあるらしいが、これはHP全損ルールだ。そんな攻撃じゃあと三回は斬られても耐えられる」

先に急所に一撃入れたら勝ちの剣道と違って、ゲームだと魔法みたいな遠距離・広範囲の回避不能な攻撃だってあるし、そうでなくてもただの戦士と軽戦士とじゃスピードが違いすぎる。

一撃ルールだとＤＥＦもＨＰも関係なくなる以上それは不公平だからか、基本的には行われてないルールみたい。

ただ、ＨＰ全損ルールもそれはそれで、決闘する当事者間のレベル差がモロに影響してくるから、一概に公平とも言えないんだけどね。

「じゃあ、あと四本取れば問題ないってわけだね」

「くっ、舐めるなよ!!」

もっとも、当のリッジ君はそれくらいちょうどいいハンデだとばかりにそう言って、再び襲いくる大剣の攻撃を捌いていってるけど。

前に会った時よりも大きくなったとはいえ、相手のナンパ男に比べればずっと小柄な体格な上、武器も普通の長剣と大きな大剣とではかなり重量差があって、もし一撃でも貰えば、たとえ剣で防いだとしてもただじゃ済まないはず。だけど、リッジ君に慌てた様子は全くない。右へ左へステップを踏み、避け切れないものは剣で受け流して、逆に反撃を加えていく。

「くっ、くそっ！　ちょこまかと！」

ナンパ男のほうも、決して弱いわけじゃない。私なんかが相手だったら、五秒ももたずに切り捨てられてた。

ただ、今回のはひたすら相性が悪い。あの様子だと、リッジ君はＶＲに付き纏う違和感があまりないタイプみたいだし、それならよっぽどじゃなきゃ対人戦で後れは取らないと思う。

「悪いけど、あなたみたいに体の大きい人を相手取るのって慣れてるんだ、次で決めるよ！」

「くっ……させるかぁ!!」

ナンパ男がリッジ君の猛攻に耐えかねて体勢を崩し、苦し紛れに大剣を振るう。

あんな状態じゃ、重量差を考えても大して威力なんて出るわけないし、リッジ君もそれを分かった上で、これまでのように回避じゃなくて、剣で防御する構えを見せながら大きく踏み込む。

「《ヘヴィースラッシュ》!!」

「ぐっ!?」

けれどその瞬間、ナンパ男の大剣が不自然に加速した。

それはさすがに予想外だったみたいで、リッジ君も剣で弾こうとして失敗し、大きく吹き飛ばされる。

ああ、そうだ、忘れてた、アーツもあったんだった！　あれは本人の力量とは別に、システムがアシストして繰り出す攻撃だから、上手く使えば今みたいに、リアルじゃ物理的に出来ないような攻撃だって繰り出せる。

ただ、そんなアーツにだって欠点はある。不自然な力に押されて強引に強力な一撃を繰り出すそれは、発動後に体の主導権を取り戻すまでの間に僅かなタイムラグが生じ、リアルにはない不自然な間となってプレイヤーを襲う。

それによって生じる時間はほんの一秒もないだろうけど、対人戦闘においてその隙は致命的だ。

「っ……はぁ!!」

「くそぉ……!!」

ナンパ男としても、今の一撃で仕留めきるつもりだったんだと思う。ＨＰが僅かに残り、転がりながら素早く体勢を立て直したリッジ君を見て悔しそうに呻く。

そして、その隙を逃さず、確定クリティカルが発生する首筋目掛けリッジ君が剣を突き込んだことでHPが0になり、決闘に決着がついた。winner！　と二人の頭上にリッジ君の名前が大きく表示され、決闘用に設定された進入禁止エリアが解除される。

「リッジ君お疲れ様！　すごかったよ！」

「ぶっ⁉　あ、ありがと澪姉。けど、最後ちょっと情けないとこ見せちゃったし、えーっとその……」

「何言ってるの、勝ちは勝ちでしょ？」

「そ、そうだけど、こんなところで抱きしめるのは恥ずかしいからやめてって！」

戻ってきたリッジ君を、いつものように軽く抱きしめてから頭を撫でてあげると、慌てて逃げるように私の腕から離れていった。

うーん、小さい時はこうすると喜んでくれたんだけど、引っ越してからはなんだか恥ずかしがるようになってちょっと寂しい。

「ていうか澪姉、そんなに胸大きかったっけ？」

「ぐふっ」

そして、恥ずかしいのを誤魔化すためか、ふと気になったという感じに何気なく呟かれたリッジ君の言葉に、私は精神的なクリティカルダメージを受けがっくりと項垂れる。

「えっ、あの、澪姉？」

「うぅ、そうだよ、私はこんなに大きくないよ、ゲームの中だけの幻想だよ、どうせリアルの私はずっと絶壁だよ……」

「いや、気にしなくて大丈夫だから！　澪姉は胸なんてなくても綺麗だし！　それに、うん……僕も身長誤魔化してるし……」

「あ、そうなの？」

やけに成長が早いなと思ったら、やっぱりそういうことだったの。

……身長弄ると、動き辛くなるって聞いてたんだけど。リッジ君、なんの問題もなく動いてたよね？　どんだけVR適正高いの？

「リッジ君、そんな無理に大きくならなくても、小さいままでも十分可愛いよ！」

「……うん、そうだね、ありがと澪姉……」

なぜかどんよりとした空気を纏いながら、落ち込みだしたリッジ君。

あれ、おかしいな、褒めたつもりなのに。

「負けたよ、完敗だ」

と、そんなやり取りをしていると、さっきのナンパ男がやってきて、リッジ君に対して素直にそう言った。ごねてくるかとも思ったけど、決闘の結果はちゃんと受け止めてるみたい。思ったよりはいい人なのかも。

「君にならその子を任せておいても大丈夫そうだね。だが、次戦う時は俺が勝つ」

「こっちだって、次は一撃だって入れさせてやらないから」

「ふっ、言ってろ」

お互い笑みを浮かべつつ握手を交わし、まさかのフレンド登録までし始めた。

これが、剣を交わせば分かり合える男の友情ってやつ？　うーん、私にはさっぱり分からないや。

「ではまたな、リッジ。そしてそっちのお嬢さんも、いつか一緒にパーティを組もう」

「え？　えーっと、か、考えときます」

とりあえず反射的にそう答えると、嬉しそうに「約束だよ？」なんて言って、その場から去って行った。

それに合わせて、一部始終を見終わった野次馬のプレイヤー達も、「竜殺しフラれたな」とか「あっちの奴は軽戦士か？　初めて見た顔だけどやるなぁ」とか、そんな感想を口々に近くのプレイヤーと交わしながら、三々五々（さんさんごご）散っていった。

「ふぅ、なんとかなったね……って、澪姉？」

そして、去っていくナンパ男を眺めていると、隣にいたリッジ君から声をかけられる。

その声に向き直りつつ、私は一言。

「そういえば、結局あのナンパ男、なんて名前だっけ？」

「……えー……」

ちらっと見聞きしたものの、結局私の記憶には留まらなかったらしいナンパ男の名前を思い出せず、結局は「考えときます」の約束さえ、その十分後にはすっかり忘れ去ることになった。

「よーっす、ミオ」

「遅いよお兄」

「悪い悪い」

リッジ君の決闘騒ぎから少し経って、お兄がようやく集合場所にやってきた。

遅れたと言っても十分程度だけど、一応軽口程度の文句は言っておく。

「ごめんねミオちゃん、私のお昼が遅れたせいだから、あまり怒らないであげて？」

そんなお兄の隣に立っていたのが、家(うち)のお隣に住む金沢美鈴(かなざわみすず)。もとい、β版時代にお兄とずっとパーティを組んでたリン姉だ。

リアルでは頭脳明晰で家事もこなし、容姿もこれまた誰もが目を奪われる天使のような美貌に、出るところは出て引っ込むところは引っ込んだ女性らしい滑らかな体と、もう弱点を探すほうが難しいほど万能な人だけど、それはゲームのアバターになっても変わらなかった。

輝く金色の髪を腰の辺りまで伸ばし、ゆったりとしたローブに身を包んだその姿は、まさしく絵本の国から現れたお姫様みたいに綺麗だった。

昨日、私もアバターを作った時に、お姫様みたいだなーとか一瞬思ったりもしたけど、うん、ただの幻想だったね。リン姉を見た後で自分がお姫様とかとても言えないよ。

「これくらいいつものことだから大丈夫。それより、ゲームの中でまで、いつも家のバカお兄が迷惑かけてすみません」

「おぉい!?　なんで迷惑かけてる前提なんだよ！　そこはせめて『お世話になってます』とかじゃないのか!?」

何やらお兄が騒いでるのはスルーして、リン姉に軽くぺこりと頭を下げる。

なんでってそりゃあ、お兄が迷惑かけないわけないからじゃん。

「いえいえ、毎日一緒に楽しませて貰ってるわよ」

うふふと微笑みながら、リン姉も軽く会釈を返してくれた。

そして、そのまま私の隣にいたリッジ君のほうにも目を向ける。

「リッジ君、よね？　久しぶり。半年ぶりかな？　元気そうで良かったわ」

「はい、リンさんも、変わりないですか？」

「ええ」

ちなみに、お昼の時に確認したら、お兄もリッジ君もお互いにキャラネームは教え合ってたみたいで、私だけ聞いてない状態だったらしい。

当然、お兄にはそれについて軽くお灸は据えておいたけど。

「キラ兄も……なんというか、相変わらずみたいだね……」

「おう、全くだよ！」

そんなお兄を見て何事か察したらしいリッジ君は、その肩にポンと手を置いて慰め、お兄もヤケクソ気味に叫んでいた。

そういえば、半年前に「次会う時は彼女作って紹介してやるぜ！」みたいなこと二人で言ってた気がするし、その話かな？　……ふむ。

「リッジ君、そういえば彼女出来たの？」

「はい⁉　な、なんでいきなりそんな話を⁉」

「いや、そういえば、前に帰る時、お兄とそんなような話をしてたなーって」

リッジ君は小柄ではあったけど、正義感が強くて優しい性格で、普段の大人しそうな見た目と剣道の試合中での勇ましさとのギャップからファンが多い。

だから、お兄と違ってその気になれば彼女の一人二人はすぐに作れそうなものだけど、まだいないみたい。

かといって女の子に興味がないかというと、この手の話をする時ちらっと誰か好きな人がいる風な発言をすることもあるし、そんなことないはずなんだけど。

「もし出来たら紹介してね。リッジ君の彼女なら、私にとっても妹みたいなもんだし！」

「いや、うん……分かったよ、ミオ姉……」

そう言って笑うと、なぜかリッジ君はどよーんとした空気を纏って落ち込み始めた。

あれ？　今のどこに落ち込む要素があったんだろ。あ、もしかして、紹介しにくいタイプの彼女がもういるのかな？　リッジ君、実は尻に敷かれるタイプだったりして？「なんで私がそんな遠くまで出かけなきゃならないんじゃコラァ！」みたいなイケイケの彼女さんとか。……うん、これはないね。

「リッジ、お前も苦労するな」

「……うん」

今度は立場が逆転して、お兄のほうからリッジ君の肩にポンっと手を置いて慰め始めた。

うーん、本当になんだろう。なぜかリン姉まで全部分かってるみたいにくすくす笑ってるし……

むむむ、分からない。

「さて、それじゃあそろそろ、パーティを組んで今日の方針を決めましょうか」

そんなことをしていると、リン姉が軽く手を叩いてみんなの意識を集めつつ、率先してリーダー役を買って出てくれた。

リアルでもリン姉は生徒会に入ってるし、そういう立場に慣れてるのは私達みんな知ってるから、特に反対意見もなくリン姉のパーティに加入し、ついでにフレンド登録も交わしておく。

「……わお」

そしてパーティを組めば、メンバー全員のＨＰ、ＭＰと、現在のレベルも表示されるんだけど、そのレベルがすごかった。

お兄が17レベル、リン姉が16レベル、そしてリッジ君も12レベル。一桁なのは私と、ついでにライムだけだ。

ちなみに、今の私のステータスはこんな感じ。

名前：ミオ　職業：魔物使い Ｌｖ６

ＨＰ：90／90　ＭＰ：75／75
ＡＴＫ：47　ＤＥＦ：66　ＡＧＩ：68　ＩＮＴ：44　ＭＩＮＤ：65
ＤＥＸ：90　ＳＰ：2
スキル：《調教Ｌｖ5》《使役Ｌｖ4》《調合Ｌｖ8》《鞭Ｌｖ5》《採取Ｌｖ8》
控えスキル：《隠蔽Ｌｖ7》《感知Ｌｖ4》《敏捷強化Ｌｖ5》

名前：ライム　種族：ミニスライムＬｖ7
ＨＰ：48／48　ＭＰ：50／50
ＡＴＫ：26　ＤＥＦ：43　ＡＧＩ：15　ＩＮＴ：27　ＭＩＮＤ：18
ＤＥＸ：25
スキル：《酸液Ｌｖ10》《収納Ｌｖ4》《悪食Ｌｖ6》

うん。

私のスキル、《調教》と《使役》は全然上がってないのに、《調合》と《採取》は随分上がったなぁ。これじゃあテイマーというより生産職だよね……あはは……。

それに、少し前からライムにレベルが抜かされてたのは知ってるけど、《酸液》のレベル上昇がすごい。

まあ、私が調合してる間、ずっと使ってるから分からなくもないんだけど、これだけレベル二桁だよ。おかげで、《酸性ポーション》の生産スピードが上がってるんだからいいことなんだけどね。

「おお、ミオお前、思ったよりレベル上がってるな」

「お兄、どんだけ私とライムのこと低く見てるの？」

そんな風に、自分のステータスと周りとの差に軽く落胆してる時に、割と本気の口調でそんなことを言われて、軽くカチンと来た私はジトーっとお兄を睨みつける。

それに気付いて、お兄もまた慌てて釈明し始めた。

「いやいや、だってミニスライムだぞミニスライム。プレイヤー本人の強さで言うなら、まだMPとINTの値からして魔法使い構成（ビルド）の薬剤師のほうが強いくらいなのに、唯一の長所であるはずの《使役》スキルを実質投げ捨ててこれなんだから、十分すごいって」

「ライムだってちゃんと戦えるんだから、バカにしないでよね！　全く」

腹いせにガンッ！　とお兄の脛（すね）を蹴っ飛ばしたら、金属鎧だったせいで私の足のほうが痛くなった。

うぐ……。

「だ、大丈夫？　ミオ姉」

「だ、大丈夫……」

リッジ君が心配そうに声をかけてくれたのに加えて、肩に乗ったライムもまた心配そうに私の頬にすりすりして慰めてくれた。

うん、ありがとうライム、そうしてくれるだけで私は癒されるよ。

「と、ともかく、見てなよお兄、今回のボス戦で、ライムだってすごいんだってこと教えてあげるんだから！」

「ははは、期待してるよ」

全く期待してなさそうな声で言うお兄の態度に再びむっとしていると、またもそのやり取りを可笑しそうに笑っているリン姉にまぁまぁと宥められた。

「それじゃあ、特に何かしたいことがないなら、早速向かいましょうか。このメンバーでやるのは初めてだから、途中もなるべく戦闘して慣れていきましょ」

「それなら、クエストもついでに受けといたほうがいいだろ、小銭とちょっとした経験値稼ぎにもなるし」

「クエスト？」

このゲームで初めて聞く単語に首を傾げると、お兄はもちろんリッジ君にまで目を真ん丸にして驚かれた。

あれ、知らないの私だけ？

「クエストはクエストだよ、ハウンドウルフを五体討伐しろとか、なんかのアイテムを納品しろとか、そんなの」

「それは分かるけど、このゲームにもあったんだ？」

「ミオ姉、知らなかったの？」

「う、うん」

確かにこのゲーム、モンスター倒してもお金がちょびっとしかドロップしないし、素材売っても端金にしかならないし、どうやって稼いだらいいか疑問だったんだよね。

そっかぁ、クエストかぁ……そうだよね、ＲＰＧならあるよね、クエスト。うん、なんで気付かなかったんだろう私。

「それなら、ミオちゃんに説明がてら、簡単なのから受けてみましょうか？《東の平原》のクエストなら、そう難しいものじゃないしね」

そう言って、リン姉は私を伴い、中央広場から《東の平原》へ向かう出入り口に通じる道の横にある、掲示板みたいなところに向かった。

そこを覗いてみれば、確かに『グリーンスライム10体の討伐』だとか、『薬草10個の納品』とか、そういったことが書かれた紙が所狭しと貼ってあった。

「これがクエストボードよ。こうやって、貼ってある紙をタップすればクエスト受注の確認ダイアログが出るから、Ｙｅｓを押せば受けられるわ。一度に受注出来るのは五つまでね」

そう言って、リン姉が実際に『ゴブリン10匹の討伐』というクエストを受注してみせてくれる。

パーティリーダーが受けたクエストはメンバー全員に共有されるのか、私にもクエスト内容を記したメッセージが届いた。

「こんな感じ。分かった？」

「わ、分かった」

小学校の時以来久しく聞いてなかった、優しく諭すような声を聞いて、なんとなく恥ずかしさから目を逸らすと、ふふふっとまたリン姉は小さく微笑んだ。

ぐ、ぐぬぬ……これが大人の女性の余裕ってやつか！

「それじゃあ、行きましょうか」

そんな私の悔しさを気付いてか気付かないでか、リン姉に連れられて二人のところに戻り、ひとまず何をツボったのか笑い転げているお兄に得意のグーパンを叩き込む。

「ぐほぉ!?　お、お前、昨日といい今日といい、そんなこと街中で他人にして、通報でもされたら一発BANだからな!?」

「大丈夫だよ、お兄にしかしないから」

「お、おう……」

そんなバカなやり取りを交わしつつ、私達は一路《東の平原》に向かう。

相変わらず、マンムーがのそのそと歩いてる長閑なそこは、今回ボスとの戦いのためにやってきた私達は元より、ほとんどのプレイヤーにとって大して意味のない場所だ。

けど、私個人としてなら、何気にこのゲームやってて一番長くいた場所だし、ちょっとした用事だってある。

「ん？　どうしたミオ？」

「ちょっと待っててー」

みんなから離れた私は、お兄に一言断りを入れながら一体のマンムーのところへ向かう。

フィールドに出てくるモンスターは、見た目こそゲームなだけあってほとんど一緒なんだけど、よくよく見ればなんとなくみんな違うのが分かる。

そんなわけで、私が近づいたこの子は、昨日、この平原に来て最初に抱き着いたマンムーだ。多分、間違いないと思う。

「昨日はごめんねー、はい、これお詫びにあげる！」

そう言って、《ハニーポーション》を一つ差し出すと、マンムーは少しだけじーっと私のほうを見た後、長い鼻で器用にそれを持ち上げ、口の中に入れた。

……ライムといい、もしかしてモンスターってみんな瓶ごと食べるのが好きなのかな？

そんな風に考えてたら、マンムーはそのままふいっとそっぽを向いて、のっしのっしと歩き去っていった。

うん、とりあえず、受け取って貰えたってことは手打ちくらいにはして貰えたかな？　このまま仲良くなれるかは分からないけど。

「ミオちゃん、行っちゃったけど、いいの？」

「へ？　ああ」

なんてことを色々考えつつマンムーを見送っていたら、様子を見ていたリン姉が話しかけてきた。

どうも、今の私の行動を見て、マンムーをテイムしたがってると思ったみたい。

「いいの、あれは昨日ご飯食べてるところ邪魔しちゃったお詫びだから。それに、まだ《調教》スキルのレベルが低くて、二体目のモンスターはテイム出来ないし」

そう言って笑うと、リン姉は目をぱちくりとさせて静かに驚きを露わにした。

こんな風に驚いてる顔見るの、久しぶりだなー。

「昨日って、もしかしてミオちゃん、同じモンスター同士の違いが分かるの？」

「うん、よく見れば分かるよ？　ほら、リアルで同じ動物を見分けるようなものだよ」

動物にしろ、今回のマンムーにしろ、具体的にどこが違うかって聞かれると中々困るんだけどね。

私の場合、ぱっと見で大体分かっちゃうから、口に出して説明するのは難しいんだよね。

なんていうかこう、雰囲気？　見た目とか仕草とか、そういうの見ればなんとなく分かるんだけど、

「いや、お前がリアルでそういうの見分けれるのは知ってるけどさ、ゲームでもそんな微妙な違いがちゃんとあるもんか？　ていうか、ＡＩって個別に入ってんの？」

「さあ？　そういうのはお兄の専門でしょ」

でも、よく考えたら、あのマンムーだって今の状態だとただノンアクティブモンスターっていうだけで、プレイヤーに襲われると狩られちゃうんだよね。

……うーん、とはいえ、ライムを手放すわけにもいかないし、ここ一応不人気フィールドだし、運良く襲われずに生き残ってくれることを祈っておくしかないかなぁ。もし、《調教》スキルが10レベル超えて、まだテイムされてないようだったら、私が飼おうかな？

「モンスターの違いは私にも分からないけど、さっきミオちゃんがあげてたのって《ハニーポー

ション》でしょう？　今はまだ手に入らない《HPポーション》に次ぐ回復量な上に、モンスターの多くが好物だからテイムに便利ってことで、かなり高く売られてるはずよ？　そんなにあっさりあげちゃって良かったの？」

「そうなの？　でもあれ、普通に《調合》スキルで作れたよ？」

ただの《薬草》と《ハチミツ》だし、《西の森》に行けばすぐ集まるから、それこそ誰でも作れそうなのに。

「そういえばお前、そのスキル取ったんだったな……しかし、昨日の今日でよくそのレシピ見つけたなぁ」

「偶々（たまたま）ね。でも高いって、これそんなに珍しいの？」

「珍しいって言うか、プレイヤーが調合しないと手に入らないアイテムだからな。βテストではそれなりに出回ってたけど、今はその頃のプレイヤー達も自分のレベル上げに手一杯な奴が多くて、需要に供給が追い付いてないって感じか？　まあ、もう二、三日すれば収まると思うけど」

「へ～」

「だから、売るなら今のうちだぞ。ああ、NPCショップには売っても大した額にはならないから、やるなら露店でも開いてプレイヤーに売ることになるだろうけど」

リン姉の言葉を引き継ぐような形で、お兄が色々教えてくれた。

うーん、売るって言ってもなぁ……。

「別にいいよ、これ今のところライムの一番の好物だもん、それに、別に生産職になりたいわけじゃないしね」

　アイテムトレードだと、呼び込みみたいにプレイヤーに逐一声かけて欲しい人を探さなきゃならないし、お店開くなら開店資金がいるしで、とてもじゃないけど手が出せない。

　私はあくまで、ライムやまだ見ぬモンスター達と、この世界をのんびりその日暮らし出来ればそれでいいし、あまりそっちに興味はないなぁ。

「そっかぁ、まあ、高いって言っても一個１０００Ｇ程度だしな、人によっては討伐クエストこなしたほうが儲かるだろ」

「せ、１０００Ｇ⁉」

　高っ‼　初心者用ＨＰポーションの三十三倍ちょっと⁉　嘘、そんなにするの⁉

「ミオお前、１０００Ｇでその反応って……今いくら持ってるんだ？」

「さ、３００Ｇちょっとだけど……」

　私がそう言った瞬間、奇妙な沈黙が流れた。

　そして、お兄はおもむろにぽんぽんっと私の肩を叩き、とても温かい目を向けてきた。

「頑張れミオ……そのうちきっといいことあるさ……」

「なんで私そんなに憐れまれてるの⁉」

「ミオちゃん、ボス倒したら、コスタリカ村でご飯にしましょうか。あそこの宿屋で食べられる料理はリアルのレストランに負けないくらい美味しいわよ。お代なら私が出すから」

「えっ、リン姉まで⁉」

「ミオ姉、僕、５０００Ｇくらい貸してあげようか……？」

「リッジ君も!?　ていうかちょっと待って、５０００Ｇってそんなにポンっと出せる額なの!?」

お兄だけかと思いきや、味方だと思ってた二人にまで温かい目を向けられて、さっきレベルの差を見せつけられた時以上に落ち込んだ。

そんな私を、ライムだけはそのぷるぷるボディですりすりして慰めてくれた。

「うぅ、私の味方はライムだけだよ。ぐすんぐすん」

「わざとらしい泣き真似してないで、さっさと行くぞ。今日はゴブリンとか色々狩らないとならないんだからな」

「はいはい、分かってるって」

泣き真似をやめて、ライムを抱き直しつつ歩き出す。

ぶっちゃけ、この経済格差は悲しいと言えば悲しいけど、遊ぶのに苦労がなければなんでもいい。

別に、今はお金がなくてそんなに困ってるわけじゃないし。

うん、だからライム、売ったりなんてしないから、そんな縋るような目で見ないで。ほら、ちゃんと《ハニーポーション》あげるから！

第四章　ミニスライムとフィールドボス

《東の平原》は、奥へ進んでいっても、景色はあまり変わらない。どこまでも広がる草原は、視界を遮る物も、動きを阻害する物もなく、モンスターがいたらよっぽどぼけーっとしてない限り、まず間違いなく先んじて発見出来る。

「おっ、ゴブリンだな。ミオ、とりあえずあれと戦ってみてくれよ」

その例に漏れず、辺りを警戒してるように見えて全くしてないのが丸分かりな、ボーっとしたゴブリンを見つけたお兄は、早速とばかりにそんなことを言い出した。

「えっ、一人で？　なんで？」

お兄は基本的にバカだけど、ゲームに関してだけは頭が回るのは私が一番よく知ってるから、無意味に言ってるんじゃないのは分かる。けど、だからってその意図まで察せるかというと、さすがにそこまでは分からない。

「リッジは見れば大体分かるけどさ、お前はどういう戦い方するのか全く分からん。だから実際に見せて貰おうかと」

「あー……」

言われてみんなの装備に目を向けてみれば、まずお兄は大きな盾と片手持ちの槍を背中に背負い、金属鎧に身を包んだ、どこからどう見ても前衛の重戦士っていった感じ。これで魔法使いで後衛ですとか言われたら詐欺だね、うん。

リッジ君は、腰に両刃の剣を差してるけど、着ているのは鎧じゃなくて動きやすさを重視した和服みたいな装備。今は剣だから微妙に違和感があるけど、刀を差してたら侍っぽくなると思う。

そして最後にリン姉は、短めのワンドを手にローブを羽織り、見るからに魔法使いっぽい。ただ、このゲームだと長杖（ロッド）を持ってる人が純粋な魔法使いで、短杖（ワンド）を持ってる人はサモナーらしいから、リン姉はばっちりサモナーらしい装備って言える。

じゃあ私はと言えば、いかにも田舎から出てきたばかりですといった貧相な服に身を包んで、もはや武器とすら呼べない蔓を腰に取りつけた貧乏装備。

まあ、これは初期装備だから誰でも一度は装備するんだけど、買い替えずにここまで使ってるのは珍しいんだとか。何せこの服、ＤＥＦ補正が部位ごとに＋１しかなくて、文字通りの紙装甲。ないも同然。

武器のほうも、初心者用装備は軒並みＡＴＫ補正＋１で、アーツが使えるようになる以外はあってもなくても変わらない上、見た目も最悪な残念装備しかないんだって。

初心者用装備のいいところと言えば、精々が耐久値が設定されてない＝いくら使っても壊れないってことのみなんだとか。

防具はまだ、後衛職や生産職なら替えてなくてもそう不自然じゃないらしいんだけど、武器のほうに関しては、ＮＰＣショップに最初から５００Ｇで売ってるやつがあって、どれもＡＴＫ補正＋10以上、つまり初期装備の十倍強い。

しかも見た目も初期装備と違ってまともな武器だから、よっぽどの物好きでもなければ買い替えるのが当たり前なんだとか。まあ、私の場合はお金がなくて買い替えられないんだけど。

更に更に、鞭を使うのは基本的にテイマーなんだけど、他の職業でペット欲しさに《調教》スキルを取って育てるだけならまだしも、育てた使役モンスターで戦わなきゃいけない職業でミニスライムを最初にテイムするのは、もはや戦闘するつもりのない生産職でもなきゃあり得ないそうな。

そういうわけで、今の私はどこからどう見ても、縛りプレイが好きな変人生産職にしか見えないんだって。

うん、私別にドＭじゃないから、縛りプレイとか好きじゃないです。ついでに私、別に生産職とか目指してないし。確かに、スキル構成も生産職にしか見えないし、実際昨日今日と調合と採取ばっかりしてる気はするけど、それでも私はちゃんとテイマーだから!!　ライムを育てて強くするのが目的だから!!

「そこまで言うなら、見ててよ！　ゴブリンくらいサクっと倒してくるから！」

「ミオ姉、大丈夫なの？」

「大丈夫だって、大丈夫だって、リッジ君も見てて！」

心配そうなリッジ君に自信満々にそう言いつつ、私はゴブリンに向かって歩いていく。

正面から行くと、さすがに攻撃範囲に入る前に気付かれるから、少しだけ迂回しつつ視界から外れるように動けば相当近くまで行ってもバレない。これはお兄から聞いた情報じゃなくて、この二日間、《西の森》で散々コソコソとアイテム集めに奔走して身に付けた、正真正銘私のプレイヤースキルだ。

まあ、これがどの程度のレベルなのかは分からないけど。

「ミオちゃんさすがね、まだ二日目なのに、もうモンスターの索敵範囲を把握してるみたい」

「あれ、完全に斥候役の動きだよなぁ……あいつ、一体何を目指してるんだ？」

後ろのほうから、リン姉とお兄の声が聞こえてくる。

いや、うん、多少自覚はあるけど、私斥候じゃないから！　テイマーだから！

「《バインドウィップ》！」

「ギッ⁉」

真後ろ、絶対に回避不可能な位置からアーツを使って拘束し、そこへすぐにライムが飛び掛かる。

貧弱なはずのスライムすら振りほどけない状況に苛立っているのか、ギィギィと叫びながらもがくゴブリン。そこへ、ライムは《麻痺ポーション》と《毒ポーション》の二つの瓶を体から吐き出して叩きつけた。

パリンパリンと、音を立てて割れた瓶から二つの液体がゴブリンの体に降りかかり、更にはライムの《酸液》も追加されて、積み重なった状態異常にゴブリンは苦しげに呻く。

「さて、追撃だー！」

《麻痺ポーション》で麻痺にさえなっちゃえば、もう拘束しておく必要もない。さっさとアーツを

解いて、鞭でぺちぺちと転がってるゴブリンを叩いていく。

いくら《鞭》スキルの補正があるとはいえ、所詮は《蔓の鞭》。倒し切るまでに何度も何度も叩く必要があって、なんだかライムと二人で虐めてるような微妙な気分にさせられるけど、これもまたライムの地位向上のために必要なことなの。成仏してねゴブリン君。

「ふい～、終わり！」

麻痺が解けるまでになんとかＨＰを削り切った私は、その場で一息つく。

いやー、やっぱりアイテムがあると違うね！　殴り殴られギリギリで倒してたのが嘘みたいにあっさり倒せたよ。

「おいミオー」

「お兄！　どう？　私だってちゃんと戦えるでしょ！」

倒したのを確認してやってきたお兄に、どやっ！　と胸を張って報告すると、「おーすごいすごい」と全く気のないお返事を頂戴した。むぅ。

「それより今の、何したんだ？　ゴブリンが急に状態異常にかかってたけど」

どうやらお兄としては、私が戦えるかどうかより、ライムがどうやってゴブリンを攻撃したのかっていうほうが重要らしい。

って言っても、あんまり大したことじゃないんだけど。

「麻痺したのはライムが《麻痺ポーション》使ったから、ダメージが多かったのは《毒ポーション》使ったからだよ。《収納》スキルで持たせてたの。ほら」

そう言って、実際に二つのポーションを目の前で出して貰う。

それを見て、お兄やリン姉は「お〜」と感心したように声を上げた。

「装備を持たせてステータスを底上げするのはよくあるけど、こんな風に消耗品を持たせるのは初めて見たわね」

「普通は、人型のモンスターが片手に一つポーション持つくらいが限度だからな。インベントリもないし。でもそうか、スライムの《収納》スキルって、プレイヤーのインベントリを増設するスキルって聞いてたけど、モンスターにインベントリを持たせるスキルなんだな。共有化させてるだけで」

「ええ、ミオちゃんは攻撃に使わせてるみたいだけど、回復系のアイテムを持たせてHPMP管理を代行して貰うのもいいかもしれないわね。離れていても、自分のインベントリから移せるなら、ポーションの使い勝手が良くなりそう」

「なるほど、それなら――」

ライムの戦い方を伝えた途端、お兄とリン姉の二人は早速、より有効な使い方について議論し始めた。

う、うん、なるほど、これがガチ勢か……ライムの活用法について話してるのは分かるけど、段々話が高度になっていって付いていけないや。

けど、今さらっと重要なこと話してたよね。《収納》スキルのアイテムって、インベントリから直接操作して移し替えれるの？　ちょっとやってみよう……あっ、出来た。うん、これは新たな発見。

「なんていうか、二人ともすごいね。これぞゲーマーって感じで」

そんな風に思ってたら、私と同じく会話に交ざれない様子のリッジ君が声をかけてきた。

その言葉に、私もうんうんと頷き返す。

「リン姉がすごいのはいつものことだけど、お兄がこんな風に活き活きとしてるのは普段あまり見ないからねー」

「ははは、そうだね」

勉強は出来ないし、スポーツもやってないし、機械音痴で家事もロクに出来ないし、典型的なダメ兄貴だけど、こうしてみるとやっぱりゲームやってる時は楽しそうで、見てるとなんだか微笑ましくなってくる。

まあ、だからって普段ダメでいいわけじゃないけど。

「ところでミオ姉、確か《麻痺ポーション》とか《毒ポーション》って、街でプレイヤーが一つ300Gくらいで売ってたはずなんだけど、ゴブリン倒すのになんて使って元取れてるの？」

「えっ、これってそんなにするの!?」

《ハニーポーション》もそうだけど、いくらNPCショップで売ってないからって値段インフレしすぎじゃない？《初心者用HPポーション》なんてたった30Gだよ？《薬草》だけで作るか《ドクの実》も入るかの違いくらいしかないのに、十倍も違うなんて……えぇー……。

「ま、まあ、ミオ姉が《調合》スキル取ってるのは知ってるし、大丈夫ならいいんじゃないかな？うん」

　リッジ君の言った通り、これ自体は自力で採取した素材を使って作ってるから元はタダだし問題はないんだけど、なんだか釈然としない。

　譬えるならこう、自分では大して価値のない物だと思って適当に譲ってたら、実はそこそこ高価な物だと分かった時みたいな？　別に返して欲しいわけじゃないけど、なんだかちょっと損した気分になる。

「あ、そういえば、そういう状態異常ポーションは投げナイフとか弓矢に《合成》して使うのが一番いいって聞いたんだけど、ミオ姉はやってないの？」

「やってないよ。そもそも素材になるナイフとか矢とか、買うお金ないし」

　さすがに、弓使いになるわけでも、鍛冶師になるわけでもないのにその辺りを自分で作るスキルを習得する気はないし、やっぱり使うならポーションだ。

　そのほうが、ライムのご飯にもなるしね。

「それなら、《投擲》スキルとかは？　投げて使うアイテムの命中率と飛距離に補正が入るって聞いたんだけど」

「へ～、そんなスキルもあるんだ」

　試しに、メニューのスキル一覧から《投擲》スキルを捜してみる。

　あまり人気のないスキルなのか、単純に順番が悪いのか、結構下にスクロールしていったところでようやく目当てのそれを見つけた私は、早速習得しようと手を伸ばし……ふと気になって、リッジ君のほうを見た。

「そういえばリッジ君、随分詳しいね。βテスターってわけでもないんでしょ？」

「え？　あ、ああ、いや、今日みんなと狩りに行くのは分かってたから、少しは勉強しておこうと思って攻略サイトを覗いたりしてたんだよ。うん」

「へ～、相変わらず真面目だね、リッジ君は」

私なんて、今朝偶々ネスちゃんと会えなかったら、ボスのことでさえ完全にお兄とリン姉に教えて貰う気満々だったのに。

まあ、リッジ君はこんな性格だからこそ、βテスターでもないのに私とこんなにもレベルに差がついてるんだろうけどね。

ともあれそういうわけで、《投擲》スキルをぽちっと習得。早速、スキルを入れ替えてっと……。

名前：ミオ　職業：魔物使いＬｖ6
HP：90／90　MP：75／75
ATK：45　DEF：66　AGI：67　INT：44　MIND：66
DEX：89　SP：1
スキル：《調教Ｌｖ5》《使役Ｌｖ4》《鞭Ｌｖ5》《敏捷強化Ｌｖ5》《投擲Ｌｖ1》
控えスキル：《隠蔽Ｌｖ7》《感知Ｌｖ4》《調合Ｌｖ8》《採取Ｌｖ8》

　スキル構成を戦闘用にした上で《投擲》スキルを入れてみると、もうすっかりスキルスロットが戦闘用で埋まったなぁとちょっとだけ感慨深くなる。

　ともあれ、せっかく習得したんだから、まずはこのスキルの性能実験といこうかな。

　というわけでインベントリから取り出したのは、ただの《石ころ》！　ハウンドウルフとの初戦闘の時も地味に活躍したけど、こんなのでも投げて当たればちゃんとダメージ判定があるから、一応攻撃手段の一つとして、見つけたらなるべく拾い集めるようにしてる。

　まさか、実験でそこそこ作るのが面倒なポーションを使うわけにはいかないし、お手軽に集まるこれでまずは試してみよう。まさか、《投擲》スキルの補正がポーション瓶にはかかって《石ころ》にかからないってわけでもないだろうし。

　そう考え、私は手頃な位置……と言ってもまだまだ遠く索敵範囲外のゴブリンに狙いを定め、大きく振りかぶる。

「えいやーーー!!」

　声を上げつつ全力投球した石ころは、空中で弧を描きながらゴブリン目掛けて飛んでいき――思いっきり頭に直撃した。

「おおっ、当たった！」

　ぶっちゃけるとダメージは大したことないけど、ばっちりＨＰを削られたゴブリンは、憎き敵を捜すように数度きょろきょろと辺りを見渡したものの、少し離れた位置にいる私達は見つけられなかったのか、軽く首を傾げてすぐに辺りの警戒（という名のサボリ？）に戻った。

ゴブリンって、実は目が悪いのかなぁ……でも、今の動きはちょっと可愛かったかも。

「さすがテイマー、命中力高いね。この距離だと軽戦士はあまり当てれないんだけど」

「そうなの？　へ～」

そういえば、今の私のステータス、一番高いのはDEXだったなぁ。

他の職業の詳しいステータスは知らないからなんとも言えないけど、思った以上に今の私の戦い方とはマッチしてるみたい。

「それなら、このまま石ころ投げてればゴブリンを安全確実に仕留められるってことよね」

「えっ」

「それ！」

二つ目の石ころを投げれば、これまた綺麗にゴブリンの頭にクリーンヒット。HPが更に削れ、ゴブリンは怒りを露わに不埒者（私）の姿を探してるけど、《隠蔽》スキルを使ってるわけでもないのにやっぱり見つからない。

更に三つ目、四つ目と積み重なると、石ころの飛んできたほう……つまり私のほうに向かってきて、やがて索敵範囲に私が入ったことで一直線に向かってくるようになったけど、それでもやっぱり距離はある。

というわけで、ゴブリンが手にした剣の間合いに入ってくるまでに、私は石ころを七つ投げつけ、HPを残り二割ちょっとにまで削ってやった。そして……。

「《ストライクウィップ》!!」

何気に初使用となる攻撃用の《鞭》アーツを使い、ゴブリンの鼻っ柱を打ち据える。

《蔓の鞭》の攻撃力じゃちょっと不安だったけど、さすがにアーツによるダメージは一味違った。

普段ぺちぺちしてる時の倍以上のダメージを一発で与えて、そのままゴブリンのＨＰを全て削り取った。

「よし、初めて調合アイテムもなしにゴブリンを無傷で倒せた！」

「えっ」

いくらなんでも、そこら辺に普通に落ちてる石ころが高価ってわけじゃないだろうし、モンスターを無傷で、しかもちゃんと黒字討伐したのは多分これが初めてだ。

ライムが戦闘に参加出来てないのがイマイチだけど、ひとまずは十分な結果だったと満足しつつ、振り返ってみると。

「ミオ姉、武器買い替えよう。そうすればもっと楽に倒せるはずだから」

なぜか真剣な表情で詰め寄ってくる、リッジ君の姿があった。

いや、うん。それは分かってるよ？　でもほら、私お金ないんだってば！

私の戦闘方法についてひと段落したところで、案の定というか、これから戦うボスは状態異常

ポーションが効かない……というより、状態異常にかかりにくいという忠告をお兄達から聞いたけど、事前にそれを聞いて《酸性ポーション》を多めに用意していたことを伝えたら、随分驚かれた。

なんでも、倒さなくてもアイテムを生産してくれるモンスターは何種類か確認されてるけど、ライムみたいに攻撃スキルそのものがアイテムになるなんて話は初めて聞いたんだって。

「攻略サイトで流せば注目の的だぞ」なんてお兄は言ってたけど、そんな目立ち方は嫌だから、情報の取り扱いに関してはお兄に丸投げしておいた。

「じゃあ後は、サクっとゴブリンを倒してボスのところまで行くか」

「ええ、そうね。……《召喚》！」

リン姉が腰に着けていたポーチ……インベントリじゃなく、文字通りの意味でのポーチから、緑色の宝石のようなアイテムを取り出し、地面に放る。そして、手にしたワンドを掲げつつ魔法を発動すれば、宝石は光り輝きながら砕け散って、中から一体のモンスターが姿を現した。

緑色の肌を持つ、小柄な人型モンスター。まさしく、今の今私が倒したゴブリンなんだけど、その見た目は全く異なっていた。

まず、ただのボロ布みたいな粗末な服じゃなく、ちゃんとした革鎧に身を包んでいる。それだけでも大分違うけど、その上で右手にはＮＰＣショップで売っている両刃の直剣、左手には同じく店売りっぽい丸盾を構えていて、肌の色さえまともなら、プレイヤーと言われても納得しそうな装備になってる。

装備のおかげか、それともリン姉の育成の賜物（たまもの）か、そのゴブリンの目は濁りなく輝き、右目についた傷跡も合わせてものすごく歴戦の風格を兼ね備えていた。

……うん、装備はともかく、目の傷とか、どこで付いたの？　野良ゴブリンでこんなのいたっけ？

「ああ、その傷、オプションなのよ」

「オプションなの⁉」

マジマジと見つめていたら、それに気付いたリン姉から衝撃の事実を伝えられた。

まさかのファッションだったなんて……リン姉、意外と中二病の気が……？

「この子がどうしてもっていうから」

苦笑しつつ、ゴブリンの頭を撫でるリン姉。

なるほど、それならしょうがないね。私も、ライムがちょっとそういう趣味に走ったら……う、うん、ライムは大丈夫だよね？

「さて、ＭＰも勿体ないし、行きましょうか。ゴブゾウ、あのゴブリンに攻撃！」

「ギヒッ！」

気を取り直して、リン姉の指示に従い武装したゴブリン……ゴブゾウが、近くのゴブリン目掛けて歩み寄っていく。

サモナーの《召喚魔法》は、モンスターを倒すとドロップする核石系のアイテムに対して使うことで、《召喚石》と呼ばれるアイテムに変えることが出来、以降はその召喚石に応じたＭＰを消費することでそのモンスターを呼び出し、戦わせることが出来る魔法だ。

そして、この魔法が使えることによるテイマーとの最大の違いは、ＭＰの続く限り何体でも召喚・使役させることが出来る点にある。

その代わり、召喚している間はMPを消費し続けるから、出せば出すほどMP管理に忙しくなって、プレイヤー自身は戦えなくなるみたいだけど。

「ギヒッ!?」

「ギヒヒー!」

ゴブゾウは野良ゴブリンが振るう粗末な剣を盾で受け、その隙に剣で一閃。そこから連撃に繋げ、あっという間に野良ゴブリンのHPが消し飛んじゃった。

サモナーはテイマーと比べて、数の暴力であって質では劣ってるはずなんだけど、これを見たら全くそんな気がしない。うん、《石ころ》投げて倒して喜んでる私とは次元が違うね!

「俺達も行くぞ、リッジ!」

「分かったよ、キラ兄」

そして、あと二人も、いくら装備が良くとも動きが遅いゴブゾウに代わって、まだ距離があるゴブリンに駆け寄っていく。

当然、そんな堂々と正面から近づけば、ゴブリンにも気付かれるんだけど……。

「《シールドバッシュ》!!」

「疾ッ!!」

振り下ろした剣諸共、お兄のタワーシールドに殴り飛ばされ、もう一体のほうは振り下ろすよりも前にリッジ君に胴体を切り裂かれ、ゴブリンは二体仲良くポリゴン片になって爆散した。

当たり前だけど、私に手を出す暇なんてなかったから、パーティを組んでることによる最低限の経験値しか入ってこない。

「よしっ、次だ次！　リッジ、どっちが多く仕留められるか競争だ！」

「えっ、いいけど……」

「ペース速すぎだよ、バカお兄！　リッジ君も乗らないで！」

結局その後、十分とかからずクエスト分のゴブリンを討伐しきった私達は、フィールドボスの待つ《東の平原》の奥地へ向けて歩を進めていった。

ちなみに、ゴブリンの討伐数で私が最下位だったのは言うまでもない。ぐぬぬ。


「この辺まで来るのは初めてだけど……見事にスライムだらけだね」

ただどこまでも広がる平原でしかない《東の平原》だけど、プレイヤーに行き先を分かりやすく示すためか、一応道は整備されてる。

そこを真っ直ぐ進んだ先にあった分かれ道を、標識に従い南に折れていくと、そこはゴブリンだらけだった平原の中腹と打って変わって、あちこちをスライムが跳ね回る、なんともほのぼのとした光景が広がっていた。

通称、《スライム平原》。スライムだらけのフィールドだ。ただ、そこにいるのは私のテイムしたミニスライムとは違って、一回り以上大きな緑色の体を持ってる奴だから、草原の緑と溶け合って微妙に見つけ辛く、実際には目で見えるよりもたくさんいるのかもしれない。

「グリーンスライムだな。ミニスライムと違ってアクティブモンスターだし、こんなナリでもゴブリンよりDEFが高いからな。《酸液》だけじゃなくて、触手で攻撃してきたりもするし、油断してると痛い目見るかもしれない相手だぞ」

「うへぇ」

DEFが高いなら、鞭の攻撃はほとんど意味がないし、状態異常ポーションとかライムの《酸液》で攻めるしかない。とはいえ、この数を相手にしてたら、いくらポーションがあっても足りないし。やだなぁ。

襲われないんなら、ライムのひんやりぷるぷるな感触とどう違うのか、是非とも触って確かめてみたいところなんだけど。

「まあ気にすんな、お前の使ってるようなアイテムは、本来ボスみたいなHPの多い敵にこそ有効なんだよ。大量にぶつけない限り、今回は効かないけどな」

「最後の一言のせいでぜんっぜんフォローになってないんだけど」

お兄とそんな軽口を交換しつつ、ぴょこぴょことスライムが飛び跳ねる平原を進む。

グリーンスライムは動きこそ緩慢で、気付いてさえいればあまり危ない敵ではないんだけど、草原で緑色の体っていうのは結構な保護色になっていて、小さな体と相まって時々不意打ちされるのが厄介だった。

とはいえ、そこはβテスターでもある熟練の廃ゲーマー擁するパーティ。私の出番なんてほとんどなく、お兄が近づいてくるグリーンスライムを片っ端から槍と盾で弾き、反対側ではリッジ君が剣で切り裂いて対応し、リン姉ですらやることはなかった。

まあ、リン姉はあくまでボス戦を見据えたＭＰの温存、私は本当にやれることがないっていう違いはあるけどね。

「そういえばリッジ君、ちょっと気になったんだけど」

「ん？　何、ミオ姉」

「さっきの決闘の時もそうだったけどさ、リッジ君はアーツ使わないの？」

そんな状態だったから、手持無沙汰な私はライムをなでなでしつつ、ずっとお兄とリッジ君の戦いを見学してたんだけど、その最中、リッジ君は一度もアーツを使っていなかった。

最初は、単に一撃で倒せるから必要ないのかと思ってたけど、偶に仕留め損なって二度、三度と斬りつける時もあるから、そういうわけじゃないと思う。

「いや、うん。強いのは分かってるんだけどね。なんかこう、剣が僕の意思とは別に動いてくのってちょっと違和感が……」

「そうなの？」

私なんかは、そもそも鞭を振ったりするのにどう動けばいいのかすらよく分からないから、アーツのシステムアシストにはすごく助けられてるんだけど。

やっぱり、リッジ君みたいにリアルで体動かしてる人にとっては違うのかな？

「そういうのは慣れだよ慣れ。リアルで剣が強くても、そもそもシステム的にアーツのほうが威力が高く設定されてるんだから、早めに使えるようになっておいたほうが後々楽だぞ。対人戦(PvP)でも、慣れてくれれば使った後の隙が大分無くなるし」

そんな私達の会話を横で聞いていたのか、お兄が軽い調子で参加してくる。

私じゃあそういう、ゲームとしての効率とかはよく分からないけど、廃ゲーマーなお兄が言うならそういうことなんだと思う。

「うーん、分かったよキラ兄。ちょっと教えてくれる？」

「おう、いいぞ！」

リッジ君としても、アーツを使わないことに特に拘りはないようで、お兄が言うならと素直に使い方を教わり始めた。

傍に寄ってきたグリーンスライムをアーツで切り裂き、その動きに違和感を覚えながらも、お兄がその都度サポートする形で、リッジ君は練習を重ねていく。

もちろん、その間もボスのいる場所には向かって進んでいくし、お兄がリッジ君に教えるようになったことで、ちょっとだけ隙が出来た部分は、私が《バインドウィップ》で襲いくるグリーンスライムを拘束してサポートすることで補い、私自身にも何もしないよりかは多めの経験値が入ってくる。

ていうかどうでもいいけど、スライムのあの体も鞭で縛ったらちゃんと動けなくなるんだね。どこからどう見ても簡単に抜け出せそうなんだけど、どういう仕組みなんだろ……うーん、ファンタジー。

そんな風にのんびりと、考え事をしながら歩くことしばし。ついに、近くに他のモンスターが出ない、フィールドボス出現エリアの目前までたどり着いた。

「それじゃあみんな、今回の役割分担を確認するわね」

ぽんっと軽く手を叩いて私達の注目を集めた後、リン姉が各自の動きについて再確認を行う。

とはいえ、私とリッジ君はこういうパーティプレイは初めてだから、本当に大雑把な動きだけだけど。

「まず、キラはいつも通り前衛ね。ボスの注意を引き付けて粘ってちょうだい」

「おう、任せとけ！」

「リッジ君は、私の召喚したモンスターと一緒に攻撃役（ダメージディーラー）になって貰うわね。少しでも多く、けれど反撃はなるべく喰らわないように攻撃すること。ボスの動きが見切れるまでは攻撃は控えめでいいわ」

「はい！」

「ミオちゃんは、全体のサポートね。キラのＨＰ管理をメインに、リッジ君がもし攻撃を受けた時はそのフォローをお願い。攻撃は余裕があったらでいいわ」

「うん、分かった」

課せられた役割に、各々頷く。

私の役目は、たくさん持っているポーションと、それを離れた味方にも投げつけて使用出来る《投擲》スキルを利用した、所謂回復役（ヒーラー）だった。

まあ、いくら《酸性ポーション》をたくさん用意したからって、レベル差を覆せるほどのダメージが出せるわけでもないし、逆に回復アイテムは誰が使っても効果は一緒。なら、それを配る役目が一番いいのは間違いないと思う。

そんな役回りで経験値は？　という疑問については回復量や、能力値の強化（バフ）や弱体化（デバフ）の程度によって、サポートキャラにもちゃんと割り振られるから大丈夫、とのこと。

「よし！　それじゃあ方針も決まったところで、いっちょやるぞー！　お～!!」

「「おー！」」

こういう時はお兄が仕切るんだなぁ、なんて思いつつ、ちゃんと一緒になって拳を振り上げる。

そして、特に目印もない草原を、ほんの数メートルほど進むと、一瞬だけ、視界にノイズが走ったような微妙な違和感を覚えた。

「フィールドボスとの戦闘は専用エリアで行われるから、今ちょうど切り替わったんだよ。ほら、来るぞ」

そんな私の様子に気付いたのか、お兄が盾と槍を構えつつ注意を飛ばす。

直後、空から突然、ゼリー状の塊が降ってきた。

ぷるぷるとした弾力のある体に、透明感のある緑色をした姿は、ここに来るまでに見たグリーンスライムとそっくりだけど、そのサイズは文字通り桁違いだ。グリーンスライムがバスケットボールくらいとするなら、向こうは小さめの平屋くらいはある。

ヒュージスライム。それが、私達の戦うフィールドボスの名前だった。

ボスが現れたのを見て、まずはお兄がいの一番に突っ込んでいく。

それに対して、ヒュージスライムが取った行動は単純だった。

「うおっと!!」

ぐぐっと力を溜めるように体が縮んだかと思ったら、その巨体からは想像も出来ないくらいの速度でお兄に向かって体当たりを仕掛けてきた。

それに合わせ、お兄は素早く盾を構えて受け止めるけど、ずざざざ！　と地面を削りながら一メートル以上後退させられて、20レベル近いはずのお兄のＨＰが一割くらい減った。

えぇぇ……同じスライムなのに、大きくなっただけで何この攻撃力と速度の差。ライムも大きくなったらあんなこと出来るようになるの？　ちょっと、明日からはライムのご飯多めにしようかな、うん。

「よーし、リン、リッジ、今のうちに行け！　《ヘイトアクション》!!」

なんてことを考えてる私とは裏腹に、お兄は慌てることもなく、体当たりの勢いを殺し切ったところでアーツを使い、その効果でヒュージスライムのヘイトを一身に集める。

「《ソニックエッジ》!!」

そこへ向けて、リッジ君が早速練習したばかりのアーツを使い、目にも留まらない速さで動きながら、ヒュージスライムの体を斬り裂き、そのまま駆け抜けた。

グリーンスライムなんかは真っ二つに出来るからまだしも、あの大きなスライム相手にそんなちょっと斬っても通じるのか不安になるけど、頭上のＨＰバーを見ればちゃんと減少してるから、とりあえずは大丈夫みたい。

「行くわよ、《召喚》!!」

それに合わせ、リン姉もポーチから三つの宝石を取り出して投げ、それが一斉に砕け散る。

中から現れたのは、三体の武装したゴブリン。

一体は、さっきもゴブリン狩りで出てきた、丸盾と片手剣というバランスの良い装備をしたゴブゾウ。

もう一体は、ゴブゾウと違って盾を持たず、代わりに両手持ちの大剣を装備した、がっしりした体格のゴブリン。

最後は、革防具の代わりに布の服をスカートみたいに巻き、弓を持った……雌のゴブリン？　うん、あれ雌だよね、なんか前の二体と違って体つきにこう、丸みがあるんだけど……えっ、ゴブリンに雌なんていたの？

「ゴブリナは距離を取って狙撃、ゴブトはひたすら攻撃して、ゴブゾウはゴブトの護衛ね」

「「「ギヒー!!」」」

そんな私の疑問は露知らず、三体のゴブリンはリン姉の指示に従い、各々ヒュージスライムを囲んで攻撃し始めた。

普通のモンスター相手なら三体もゴブリンを呼んだところで、同時に攻撃なんてしたらお互いが邪魔になって同士討ちするのが関の山だけど、これだけ大きなヒュージスライム相手ならその心配もなく、大剣を振り回すゴブトも、後ろから矢を射るゴブリナも、のびのびと自分の攻撃に集中して、着実にHPを削っていた。

「……って、私もぼーっとしてる場合じゃないや」

いつもと違って、今は単なる動画の視聴者じゃなく、同じ戦闘に参加しているプレイヤーだ。今更ながらそれを思い出した私は、早速自分の役割を果たすべく動き出す。

リッジ君と、リン姉の従えるゴブリン達は一方的に攻撃してるけど、ヒュージスライムだって大人しくやられるばっかりじゃなく、ちゃんと反撃もする。それなのに、二人の攻撃が邪魔されることなく続いているのは、その分の攻撃が全部お兄一人に向いてるからだ。

お兄は金属鎧に加えて、大きなタワーシールドも込みでちゃんとヒュージスライムからの体当たりを防いではいたけど、全くの無傷というわけにはいかない。最初の〝溜め〟を作った体当たりも合わせて、大分HPが減ってきてる。

「ライム、《ハニーポーション》！」

戦闘中の定位置である肩の上から、ライムが《ハニーポーション》を吐き出す。

午前中に森でやった戦闘でもそうだけど、やっぱりインベントリを操作しなくて済むのは楽でいい。

「よし、行くよお兄!!」

出てきたそれを掴み取ると、確認次第すぐお兄目掛けて投げつけた。

お兄がヒュージスライムの正面に陣取ったまま、あまり動かないっていうのもあるけれど、《投擲》スキルの恩恵を受けた私のポーションは狙い違わずお兄の背中に当たり、その中身をぶちまけた。

「おっ、よし来た！　サンキュー、ミオ！」

普通、いきなり背中から液体をぶっかけられたら驚きそうなものだけど、お兄は慣れてるのか一瞬たりともヒュージスライムから目を離すことなく、回復した自分のＨＰバーを一瞬チラリと見ただけでお礼を言ってきた。

ていうか、なんで金属鎧の上からかけただけでＨＰ回復するの？　鎧の上からじゃ怪我したところ以前に、体にだって全くポーションかからないよね？

うーん、不思議だ……。

「まあ、今は細かいことはいいか！　次、ＭＰポーション！」

《ＭＰポーション》と被るとはいえ、さすがに《初心者用ＭＰポーション》って全部言うのは面倒だからって略したけど、ちゃんと理解して貰えたようで、吐き出されたそれを受け取りながら今度はリン姉に向けて投げつける。

一応、パーティでの役割としては盾役になってるお兄の回復役だけど、お兄のレベルならそれほど気にかけなくても耐えちゃってるし、それなら開いた時間になるべく他の援護もしたほうがいいよね。経験値もその分多く貰えるし。

「あら、ありがとうミオちゃん。その調子で余裕があったらこっちにもくれる？」

「うん、任せといて！」

　とはいえ、一々インベントリを操作して投げるやり方ならともかく、一言発するだけでライムが出してくれる今の状態なら、よっぽどのことがなければ二人分のＨＰＭＰ回復くらいはわけない。

むしろ、ちょっと手持無沙汰になるくらいだ。

「だったら、攻撃もしないとね。ライム、《酸性ポーション》！」

　続いて吐き出された《酸性ポーション》を、ヒュージスライム目掛けてポイっと投げつける。

　あんな大きな的、外すわけもなく、ばっちり当たった、けど……。

「さすがにあんまり効かないよね〜」

　ゴブリンとか相手なら、そこそこに通じてくれるんだけど、ボス相手だと一つぶつけた程度じゃ目に見えるほどＨＰは減ってくれない。

　ならもう一つ、と言いたいところだけど、お兄のＨＰがまた少し減ってきてるのを見て、大人しく《酸性ポーション》を投げるのは諦め、代わりに《ハニーポーション》を投げてお兄のＨＰを回復させる。

「とりあえず、順調？」

　お兄が時折《ヘイトアクション》を使いつつ、手にした槍を突き出してヒュージスライムの気を引き、反撃はキチンと盾で受け止める。

　そうしてお兄が気を引いている間に、リッジ君とリン姉は反撃を気にする必要もなく着実にダメージを積み重ねてるし、私もお兄とリン姉にポーションを投げる合間、《酸性ポーション》をぶつける余裕さえあった。

もしかしたら、このまま倒し切れるんじゃないか。そんな予想が頭を過ぎるけど、さすがにボスなんて言われてる存在はそこまで甘くなかった。

「えっ、何あれ」

ヒュージスライムのＨＰが残り半分に差し掛かろうとしたところで、急に動きを止めたかと思いきや、少しずつその体を膨らませ始めた。

私は距離を取って見てるから分かるけど、至近距離で対峙してるお兄やリッジ君は、まだその異変には気付いていてない。

「キラ、リッジ君、離れて！　《ガードフォーメーション》!!」

私と同じように距離を取っていたリン姉が、叫びながらアーツを発動し、ゴブリン達に防御姿勢を取らせる。

するとその直後、急にヒュージスライムの体から四本の触手が飛び出し、体ごと回転しながらそれを振り回し、全方位を薙ぎ払った。

「うおっとぉ!!」

「うわっ!?」

すぐに反応して盾を構えたお兄と、事前に防御姿勢を取っていたゴブリン達は無事だったけど、まだ慣れてないリッジ君はそうはいかず、触手に薙ぎ払われて大きく吹き飛んだ。

「リッジ君!!」

全快だったところから、いきなり瀕死になるまで追い詰められたリッジ君を見て、私は慌てて《ハニーポーション》を投げ、HPを回復させる。

お兄だと、瀕死状態から回復させたかったら二本必要なんだけど、リッジ君は《軽戦士》なだけあってHPが少なめだから、一本で済んだ。

回復させる分には楽だけど、その分死にやすいってことだから、ちょっと心配になるなぁ……。

「ありがと、ミオ姉。助かったよ」

「私は回復役だからね。それより、スライムが触手で攻撃するなんて、そんなのアリ？」

「アリなんじゃない？　スライムの体ならあれくらい変化させれてもそんなにおかしくないし」

「うーん、それもそうかな？」

いやまあ、ライムもご飯食べる時なんかは、みょーんって感じに体伸ばして触手みたいになってるし、あれの超強化版と思えば……うん、それにしてもあれはちょっと強すぎない？

見れば、これまで体当たりしたり圧し潰そうとしたりするくらいしかしてこなかったヒュージスライムが、生えた四本の触手を操りお兄に絶え間なく攻撃を繰り返してる。

さすがに、体当たりよりは威力が弱いみたいだけど、それも回数が重なればバカにならないダメージ量になるみたいで、割と余裕そうだったはずのお兄のHPが、目に見えて減少し始めた。

「《サモンヒール》！　こっちは平気よ、キラ、前代わる？」

「いや、まだ行ける！」

リン姉が《召喚魔法》の一つである召喚モンスター専用の回復魔法を使って、減ったゴブリン達のHPを回復させ、壁役の交代を申し出たけど、お兄は私のほうをチラリと見た後、そのままヒュージスライムの攻撃を受け止め続ける構えを見せた。

これ、もしかしなくても、私の回復を当てにされてるよね？

「リッジ君、私の手塞がっちゃうと思うから、次は頑張って避けてね！」

「うん、大丈夫。今度はちゃんと躱してみせる」

リン姉とお兄は上手く対処したのに、自分だけしてやられたのが悔しいのか、キッ！　とヒュージスライムを睨んで突っ込んでいくリッジ君の姿を微笑ましく思いつつ、私は私でライムに頼んで《ハニーポーション》を次々とお兄に投げる。

それでなんとか、お兄が下がらなくてもヒュージスライムの攻撃を抑えることが出来るようになったけど、それはあくまで通常攻撃の話で、さっきみたいな全体攻撃はどうしようもない。だから、リッジ君にしろリン姉のゴブリン達にしろ、どうしても動きが慎重になって攻撃ペースが落ちる。

しかも、私の《ハニーポーション》の在庫もこのペースだとちょっと残りが心配だった。

いや、うん。それなりに作ってはいたけど、所詮昨日今日で集めたアイテムの数なんてたかが知れてるし、私とライムに関しては、お金がないって理由で満腹度の回復のために飲んだりもしてたから、仕方ないんだよ。

べ、別に、お兄が「自分達だけでも倒せる」って言ってたから油断して飲みすぎたとか、そんなんじゃないからね？

「また来るわよ！」

そうして、さっきまでよりもゆっくりとＨＰを削っていく中、再びヒュージスライムの動きが止まり、全体攻撃の予兆を見せる。

それに合わせて、お兄もリン姉もさっきまでと同じように防御姿勢を取るけれど、リッジ君だけは違う動きを見せた。

「うおぉぉぉ!!」

「ちょっ、リッジ君!?」

防御する手段がない以上、リッジ君がすべきはヒュージスライムの攻撃範囲から急いで離脱することのはずなのに、むしろ剣を構え近づいていく。

そして、ヒュージスライムの触手が周囲を薙ぎ払う。

お兄はその大きな盾で防ぎ、ゴブリン達もまた丸盾を持つゴブゾウが前に立つことで被害を最小限にするけど、リッジ君はただ、迫りくる触手をじっと見据え……。

「っ……だりゃあ!!」

走り寄る勢いそのままに、高跳びの要領でそれを飛び越えた。

「えぇぇ!?」

触手とは言うけど、その太さは下手な樹よりもよっぽど太い。それが枯れ木を振るうような速度で襲ってくるのを、正面からタイミングを合わせて飛び越えるなんて、いくらゲームとはいえちょっと私には想像の埒外だった。

見れば、お兄やリン姉もこれは予想外だったのか、目を見開いて驚きを露わにしてる。

しかも、リッジ君のそれは、単なる回避行動で終わらなかった。

「届けっ、《ソニックエッジ》!!」

リッジ君の剣が煌めき、その体が空中で不自然に加速する。

アーツはあくまで、プレイヤースキルじゃなくてシステムのアシストで発動する攻撃だから、その体勢がどんなだろうと関係ないと言えばないんだけど、昼間に決闘で使われた時よりもよっぽど常識を投げ捨てた使い方に、もはや驚きを通り越して呆れさえする。

リッジ君、アーツ苦手って言ってたけど、絶対嘘でしょこれ!!

「ってか、リッジ、攻めすぎだ！　ターゲット移るぞ！」

「えっ？」

お兄はさっきから、激しさを増す攻撃を前に盾で捌くのが精いっぱいで、反撃はほとんど出来てなかった。

もちろん、《ヘイトアクション》のアーツで気は引いていたけど、それにしたって限度がある。

その結果として、戦闘開始からずっとお兄が引きつけていたヒュージスライムの攻撃が、今の曲芸染みた攻撃を切っ掛けに、ついにリッジ君のほうに向いた。

それまでずっとお兄が気を引いて、今の全体攻撃以外でヒュージスライムの攻撃が向かうことがなかっただけに、さすがのリッジ君もすぐには反応出来てない。

「こんのっ！　《ガードアップ》!!」

そんなリッジ君とヒュージスライムの間に、お兄がアーツで防御力を上げながら飛び込んでいく。

さっきまでは余裕そうに受け止めていた攻撃も、そんな不安定な状態で受ければ上手く捌けない。

ヒュージスライムの触手が打ち据えるごとに、お兄のＨＰがどんどん減少していく。

「キラ兄！」

「まだ平気だ！　早く体勢立て直せ!!」

「っ、分かった！」

お兄の言葉に弾かれるようにリッジ君が距離を取ると、ヒュージスライムは目の前のお兄を無視してそちらへ向けて触手を伸ばす。

けど、攻撃後の隙を突くならともかく、自由に動けるようになったリッジ君には、その攻撃は当たらない。左右、正面、上と、四方向から来る攻撃を、リッジ君は紙一重で躱していく。

「お兄、ポーション！」

「おう、助かるぜミオ」

その代わり、連続攻撃から解放されたお兄に、《ハニーポーション》を続けて使いＨＰを全快させる。

それが済み次第、お兄はリッジ君に移ったターゲットを自分に向けようと槍での攻撃を始めるけど、さっきのリッジ君の攻撃がクリティカルになってたみたいで、中々お兄に戻らない。

そうなると、私はリッジ君が事故らない限り、手持無沙汰になるわけで。

「ミオちゃん、ちょっと大技行くから、ＭＰポーションお願い！」

「うん、分かった！」

それを見たリン姉から、新しくサポートの依頼が飛んできて、私は大きく頷きを返す。

さっきの《サモンヒール》以降、リン姉のほうにはポーションを投げてなかったのもあってか、MPが二割くらいにまで減っていたから、ライムから吐き出される《初心者用MPポーション》を惜しみなく使い、今度はリン姉のMPを回復させていく。

……のはいいけど、リン姉のMP多くない!?　さっきは合間を縫って適当に投げてただけだから気付かなかったけど、三本使ってやっと半分なんだけど!?　私なんて空っぽからだって一本使えば満タン近く行くよ!?

……次は《ハニーポーション》並の回復量を持ったMPポーションのレシピとか、探そうかなぁ。

「うん、もう大丈夫。行くわよ、《召喚》！」

なんてことを考えながら四本目を当てたところでリン姉は頷き、新たに召喚石を三つ投げる。

杖を掲げ、新たに追加で召喚されたのもまたゴブリンだったけど、その装備は今までとは違って、全員槍で統一されていた。

「全員、突撃！　《アタックフォーメーション》!!」

「「「「ギッヒーー!!」」」」

回復したばかりのMPが、ゴブリン達の維持コストでみるみるうちに減っていく中、リン姉はすかさずアーツを使う。

それに呼応し、六体にまで増えたゴブリン達が一斉に咆え、まるで特攻するかのような勢いで果敵に突撃していった。

　ゴブリナが後ろから雨のように矢を放ち、それに一歩遅れてゴブゾウの剣がヒュージスライムを三角形を描くように切り裂くと、そこを目掛け三体のゴブリンから放たれた三本の槍が立て続けに突き刺さる。そして、トドメとばかりに、ゴブトがその両手剣を叩きつけ、ヒュージスライムのＨＰがみるみるうちに減っていく。

「今よ！　《送還》!!」

　それだけ一気に攻撃すれば、当然ヒュージスライムのターゲットもゴブリン達へ移る。

　そのタイミングで、リン姉がゴブリン達を召喚石として一斉にインベントリに戻すアーツを使い、ターゲット不在になったヒュージスライムが一瞬その動きを止める。

「行くぞリッジ！　《スピアチャージ》!!」

「うん、《トライデントスラッシュ》!!」

　その隙に、両側から挟むようにして、お兄が体ごとぶつかるように槍を突き刺し、リッジ君の三連撃が綺麗に決まる。

　ただでさえ減少していたヒュージスライムのＨＰが、この攻撃で更に減少し……。

「やったか!?」

「キラ、それフラグよ。というか、まだまだ余裕で残るから警戒して」

　お兄の悪乗りのせいかどうかは定かでないにしろ、残り二割ほどで減少が止まった。

「ここからが本番よ」

そして、リン姉のその言葉に応じるかのように、追い詰められたヒュージスライムはその触手を体と同化させ、更に大きく肥大化していき――破裂した。

「えっ、嘘」

まさかの事態に、私もリッジ君もぽかーんと口を開けたまま硬直する。

けど、お兄もリン姉も、こうなることは分かっていたのか、特に驚いた風もなく、改めて武器を構え直していた。

「《分裂》ね。たくさんいるのは平原のグリーンスライムと違って雑魚だけど、油断してると数の暴力でやられちゃうから、気を付けて」

そう言ったリン姉の前には、最初の半分くらいまで小さくなったヒュージスライムと、それが生み出した数十体ものミニグリーンスライムの大群がいた。

◆◆◆

「リン姉、これどうすれば⁉」

これまで何度か戦闘はしてきたけど、どれも一対一の状況だけだったし、それ以上の経験なんて抵抗らしい抵抗も出来ずに死に戻ったハウンドウルフとの一戦だけ。それにしたって一対三だ。この状況でどう動くのが最善かなんてゲーム素人の私には分からないから、素直にそれを知っていそうな人に指示を仰ぐ。

「ミオちゃんはキラと一緒にボスを抑えて。周りの掃討は私とリッジ君でやるわ」

「わ、分かった！」

リン姉の指示に、私はこくこくと頷きを返す。

まさかボスと戦う役割を任せられるとは思ってなかったけど、よく考えたら攻撃力皆無の私には、弱いとはいえスライムを掃討するなんて無理だし、だったらボスを抑えるお兄のサポートをするほうが理にかなってる。

「なるべく早く終わらすよ、待っててミオ姉！」

「それがいいわね。《召喚》！　クレイゴーレム!!」

そんな私の不安混じりの声を聞いてか、リッジ君はそう言うなりスライムの群れに突っ込んでいき、リン姉は先ほどまでと違う、茶色の宝石から土で出来たゴーレムを生み出す。

早く終わらせてくれるのは嬉しいけど、リン姉はともかくリッジ君はそんなにゲーム慣れしてないんだし、あまり危ない橋を渡られるのも心配だから、慌てて声をかけようとして……。

「せいっ!!」

草むらから飛び掛かったところを、剣の一振りで倒されるスライムを見て思いとどまった。

しかも、それに驚いている間にリン姉のゴーレムがその太い腕を一振りすれば、巻き込まれたスライムが数体まとめて吹っ飛び、ポリゴン片を巻き散らして蹂躙(じゅうりん)され始める。

うん、分かってはいたけど、本当にミニサイズのスライムって弱いんだなぁ……安心して任せられるのはいいけど、これはこれでちょっと複雑……。

「こっちも行くぞミオ！」

「うんー、分かってる～……」

微妙に落ち込んでいる私に構わず、小さくなったヒュージスライムに向かっていくお兄の背を見送り、私は《酸性ポーション》を手に構える。

私の役目は、一応お兄の回復役だけど、今は全然お兄のＨＰにも余裕があるし、一緒に攻撃したほうがいいと思う。

「おらぁ！《ヘイトアクション》!!」

ゴブリンが消えたことで、召喚者であるリン姉に向いていたヒュージスライムのターゲットを、お兄が槍を突き刺しながら使ったアーツで強引に奪い取る。

その瞬間目掛け、私は手に持った《酸性ポーション》を投げつけた。

いくら小さくなったとはいえ、まだまだ乗用車一台分くらいの大きさのヒュージスライム相手に、スキルの恩恵すらある私が外すわけもなく、吸い込まれるように飛んでいって……。

「えぇ!?」

すんでのところで、なんと躱された。

しかもそれだけでなく、ヒュージスライムはその後も地面の上をまるでスーパーボールか何かのように跳ね回り、触手がないのもなんのそのとばかりに連続でお兄に体当たりを仕掛け始めた。

いやいや、確かにあの巨体であれだけ速く動けてたんだから、縮めばもっと速くなるのも分かるけどさ、だからって速すぎるでしょ!?

「ミオ、無理すんな、今はコイツを抑えることに集中して、周りが片付いたら全員で叩くぞ！」

「う、うん」

お兄の言葉に頷きを返し、ひとまず距離を置いて出来ることがないか探してみる。

けど、いくら《投擲》スキルがあっても、高速で動き回るヒュージスライムに当てるのは至難を通り越して無駄弾にしかならないし、攻撃後の隙を突こうにも、ヒットアンドアウェイを繰り返すヒュージスライムは体当たりした後すぐに大きく距離を取っちゃうから、弓や魔法ならともかく、投げるだけしか出来ない私じゃ射程が足りない。かといって、回り込んで逃げた先に待ち伏せしようとしても、あの激しい動きの間もちゃんと周りを見ているのか、私がいるほうには絶対に逃げてこないからそれも無理。

普通のテイマーなら、自分でどうにもならなくてもモンスターに頼ってなんとかするんだろうけど、私でも追い切れないモンスター相手に、私よりも遅いライムがどうにか出来るわけもない。運良く張り付けたとしても、あんなに激しく動いてる相手じゃ、あっという間に振り払われるのがオチだ。

後は精々、お兄の回復役に徹するくらい。とはいえ、ヒュージスライムの攻撃は、速さは上がったけど威力は落ちてるし、周りから群がってくるミニグリーンスライム達も、攻撃を防ぐ傍らで器用に槍で迎撃してるから、さっきまでよりもやや手持無沙汰になってる。

「むぐぐ……悔しい」

ミニスライムだって、育てればちゃんと戦えるってところを見せようと思ってたけど、そもそものレベル差と相性の悪さ、そして攻撃手段の乏しさはどうしようもなくて、何も出来ない自分に歯噛みする。

やっぱり、ゲーム慣れしてるお兄でも使えないなんて烙印を押されたライムへの評価を、私みたいな初心者がひっくり返すなんて無理だったのかな……。

「きゃ!?」

そんな余計なことに考えを巡らせていたのが悪かったのか、足元に忍び寄っていた一体のミニグリーンスライムの存在に気付かず、体当たりでひっくり返された。

グリーンスライムと違って、ミニサイズなだけにダメージは全くと言っていいほどないけど、それ以上に、ボスがいるのに無防備に転んでしまったのが痛い。

「ミオ!?」

それまで、一心不乱にお兄を攻め立てていたヒュージスライムが、いきなり私のほうに向き直る。

隙だらけの私を狙い時だと思ったのか、それとも、ミニグリーンスライムが転ばせた相手を優先的に狙うようにプログラムされてるのかもしれないけど、今はそんなのどっちでも良かった。

ヒュージスライムはお兄の必死の妨害もなんのそのとばかりに突撃の体勢に入り、ぐぐっと力を込めるように体を縮め始める。もう、あと数秒もしないうちに攻撃が来るけど、今からじゃとても回避なんて間に合わない。

かといって、私のレベルとスキルじゃ、あの突進を止める手段なんて何一つない。

《バインドウィップ》はATKの値に差がありすぎる相手の動きは止められないし、《麻痺ポーション》も、お兄の口ぶりからして全く効かないわけじゃなさそうだったけど、ネスちゃんが「使えない」って一言で切り捨てるくらいだから、一つや二つ使ったところで動きを止めるなんて出来ないと思う。それに、仮にそれで麻痺したとしても、勢いの付いた攻撃はそのまま止まらず突っ込んでくる。

「ミオちゃん、私のゴーレムに《バインドウィップ》を！」

「えっ？」

「早く！」

今にも飛び出してきそうなヒュージスライムを前に、ライムを抱きしめて庇うくらいしか出来ることがなくて諦めかけていた私に向けて、声が響く。

それに釣られて振り向けば、そこにはリン姉の使役するクレイゴーレムが、私のほうに駆け寄ってきていた。

その距離はまだ数メートルはあって、どれだけ急いだところで、盾になって貰うよりもヒュージスライムに跳ね飛ばされるほうが早いけど、《バインドウィップ》ならギリギリ届きそうだ。

でも、今ここで《バインドウィップ》なんか使ったら、私に巻き込まれてゴーレムまで一緒に倒されるだけなんじゃ……。

「《バインドウィップ》!!」

そうは思ったけど、他に何が出来るわけでもない。

だから、どうなるか分からないけど、とにかく私はリン姉を信じて咄嗟にアーツを発動し、ゴーレム目掛けて鞭を振る。

それと同時に、ついにヒュージスライムがその力を解放し、私に向けて一直線に飛び出してきた。

「防いで、グラ！」

システムのアシストを受けた鞭が、一直線にグラって呼ばれたゴーレムへ迫り、その体を縛る前に、リン姉の指示を受けて腕を盾に防御姿勢を取る。

その結果、鞭は体を縛り付けることは叶わず、代わりにその腕へと巻き付いた。

「よし、そのまま、投げて！」

「えっ!?」

そしてここまで来れば、リン姉が狙ってることも分かる。分かってしまう。

だからこそ、頬を引きつらせる私だったけど、ゴーレムにそんな私を慮る気持ちなんてあるわけもなく。

命令に忠実な土人形は、鞭が巻き付いたままの腕を全力で振り回し、それを握ったままの私を投げ飛ばした。

「ひあぁぁぁぁ!?」

ズシャアアア!!　っと、ほんの今まで立っていた地面をヒュージスライムが抉り取っていく音を聞きながら、私はゴーレムのグラに振り回される形で強引に危険域を脱出する。

ていうか怖っ!?　それほど速いわけじゃないんだけど、ジェットコースターなんて目じゃないくらい怖い!!

そもそも私、筋力（ATK）は大したことないんだから、こんな強引に振り回されたら耐えれるわけ……！

「あっ」

と、そんなことを考えていたら、案の定と言うべきか、ライムが飛んでいかないように抱えていたせいで片手でしか掴んでいなかった鞭がすっぽ抜けて、私は空高く宙を舞った。

「あぁぁぁぁぁ!?」

死ぬ、死んじゃうぅ!?　これヒュージスライムの体当たりは躱せたけど、このままじゃ結局落下ダメージで絶対死んじゃうよこれ!!　リン姉のバカーー!!

なんて恨み辛みを頭の中で繰り返しつつ、ぐるぐると回る視界の中でひたすら悲鳴を上げ続ける。

「むぐっ!?」

「ミオ姉、大丈夫!?」

そんな、一瞬の時間が永遠にも感じる恐怖体験も、最後は地面とは別の何かに受け止められる形で唐突に終わりを迎える。

急に止められたせいか、未だに回り続けてる気がする視界のせいで状況はよく分からないけど、聞こえた声は間違えようもない。

「リッジ君！　ありが……」

私は空中で受け止められてたみたいで、リッジ君は器用に体勢を整えて、地面に降り立つ。

その頃には、突然の空中遊泳でパニックになっていた頭も冷えて、自分の状態を顧みる余裕も取り戻せたから、一瞬遅れてそれに気付いた。

「ミオ姉？　どうしたの？」

「いやその、リッジ君、手……」

「手？」

　お礼を言いかけて、突然言いよどんだ私の様子に首を傾げるリッジ君に、私は顔が赤くなってるのを自覚しつつ、そうなった元凶を指差す。

　私は今、リッジ君に所謂お姫様抱っこをされてて、それ自体も大概恥ずかしいんだけど、問題はその手の位置にある。

　私の背中を支えてるほうのリッジ君の手が脇の下から伸びて、リアルにはない、けれど今の私にはある大きな胸を、思いっきり掴んでいた。

「わっ、わわっ!?　ご、ごめん!!」

　いや、うん。リアルじゃ絶壁すぎて、からかわれることはあっても触られることはなかったし、そもそも揉むこと自体物理的に無理だったけど、実際にこうして大胆に掴まれると結構恥ずかしいなぁ。

　ただ、今はそんなことどうでもいい。いやほんとに。

「ちょっ!?　今離さないでよ、落ちるでしょー!?」

　お姫様抱っこされた状態で咄嗟に手を離されたせいで、当たり前だけどそっち側に落っこちそうになる。

　危うく頭から地面にキスするところだったけど、それは辛うじて、後からやってきたリン姉に受け止められる形で事なきを得た。

「おっと。もう、二人とも、何してるの。まだボス戦の途中よ？」

「ご、ごめん、リンさん！　すぐ戻るから！」

リン姉のお小言に、リッジ君はすぐに頭を下げるけど、私はそれどころじゃなく。具体的には、受け止めてくれたリン姉の胸に頭をダイブするハメになってた。

うん、何これ、リン姉のってリアルそのままのサイズだよね？　なんで盛った私より大きいの？

こんなのもう凶器だよ、銃刀法違反だよ、差し押さえだよ!!

……うん、ダメだダメだ、そんなのとっくの昔から分かってたことなんだから、一旦落ち着こう
私、うん、大丈夫。すーはーすーはー。よし、落ち着いた。

「ミオちゃん、どうしたの？　大丈夫？」

「大丈夫、ちょっと精神統一してただけだから」

「そう？　じゃあ、はい、これ」

「あっ、ありがとう、リン姉」

リン姉から離れて地面に降り立ったところで、グラに持っていかれてた《蔓の鞭》が返ってきた。

それでようやく、周りの状況を落ち着いて見れる状態になったけど、あれだけいたミニグリーンスライムは一匹残らずいなくなっていて、残るは未だに高速で跳ね回るヒュージスライムだけになっていた。

リン姉もリッジ君も倒すの早すぎない？　それともこれが普通？　……ネスちゃんが一人で倒

せたって話だったし、普通なんだよねきっと。うん……。

ともあれそのヒュージスライムも、一度攻撃して逃げられた私に固執するとかそんな様子もなく、ひたすらお兄を狙って高速体当たりによるヒットアンドアウェイを続けていた。

追撃されてたら危なかった、と今更ながら思い至って背筋に冷たい物を感じつつ、とりあえずさっきみたいに転んだりして隙を見せなければ大丈夫そうだと判断して、私は改めてリン姉に向き直る。

「リン姉、ここからのことなんだけど」

「ここから先は、ヒュージスライムが攻撃して逃げた直後を魔法か弓で狙うのが基本ね。私達は近接攻撃しか出来ないから、キラがやってるみたいにタイミングを合わせてカウンターするか、それとも……」

「ううん、そうじゃなくて」

多分、定番であろう攻略法を教えてくれるリン姉だけど、ここは敢えてそれを遮る。

まだ数日とはいえ、せっかくライムを育てて、出来る限り準備してこの戦闘に臨んだのに、結局アイテムを配るくらいしかやることがなくて、最後はそれすらお役御免になって、挙句一番後ろにいたのに油断してピンチになって助けられて、このままじゃ私、ただの寄生プレイだけで終わっちゃう。そんなのは嫌だ。

「ヒュージスライムの動きは、私とライムが止める！」

私の言葉に、リン姉もリッジ君も目を丸くする。

まあ、それはそうなると思う。私のレベルはこのパーティで最低だし、ちょっと小突かれた程度でHPが全損しかねないのにどうやって動きを止めるんだって話だし、私もついさっきまでなら同じことを思ったに違いない。

でもさっきの攻防で、私にも一つ、ヒュージスライムに一泡吹かせる方法が思いついた。

実際には可能性だけで、上手くいくか、そもそも出来ることなのかすら分からない。仮に出来たとしても、私みたいな素人のアイデアなんて、リン姉やお兄みたいにゲーム慣れした人からすれば、非効率極まりない愚策でしかなくて、もっとスマートな方法がいくつもあるのかもしれない。

それでも、たとえそうだったとしても。私とライムだって、役に立つってところを証明したい。

「だからお願い、二人共、力貸して！」

だからこそ、そう必死にお願いして、私は思いついた作戦を説明する。

それを聞いた二人は、片や更なる驚きに目を見開いて、片や心配そうに私を見て、それぞれ了承してくれた。

「キラ、次の攻撃は回避なし、真正面から受け止めて！」

「そろそろHPがキツイから、一発だけだぞ！　《ガードアップ》!!」

リン姉からの指示を聞いて、お兄が一時的にDEFをアップする《盾》スキルのアーツを使いながら防御の構えを取る。

そんなお兄の動きもお構いなしに突進するヒュージスライムだったけど、ただでさえ攻撃力が減っている中で防御を固めたお兄の守りを崩すことなんて出来ずに、僅かばかりのＨＰを奪い取っただけで終わる。

「《ソニックエッジ》‼」

そんなヒュージスライム目掛け、リッジ君がアーツを繰り出すけど、その発動位置は少し距離があった。

元の、巨大すぎたヒュージスライムが相手だったならこれでも十分に当てられただろうけど、今の高速移動する一回り小さめなヒュージスライムには到底当たらない一撃だ。当然、それを見たヒュージスライムは、すぐに回避行動代わりに大きく距離を取ろうとする。

「《召喚》‼」

そこへ、リン姉が再び得意の召喚魔法を使って、予め地面に設置してあった宝石から次々とゴブリンやゴーレムを召喚し、ヒュージスライムを正面から半包囲していく。

とんでもない数だけど、今のリン姉はそれを操って攻撃させるほどのＭＰはないらしくて、完全に見た目だけのハリボテチームだ。

でも、そんなこと分かるはずもないヒュージスライムは、その包囲の穴……プレイヤーも召喚モンスターもいない唯一の空白地帯目指して、ひとっ跳びに後退する。

そう、ちょうど、私の目の前に。

「《バインドウィップ》‼」

十分に射程内に収めたヒュージスライム目掛け、お馴染みの拘束アーツを発動し、その体を縛り上げる。

ヒュージスライムにとってもこれは予想外だったのか、ぷるんぷるんっと、困惑したようにその体を揺らした。

どうしてプレイヤーの位置取りを把握して退避場所を選ぶはずのヒュージスライムが、私に向かって飛んできたかと言えば、それは私の《隠蔽》スキルの賜物だ。

さっき、体の色が草むらと被って保護色になってて、全く接近に気付けなかったミニグリーンスライムを見て、私でも出来るんじゃないかなーと思って伏せて待ち構えてみたんだけど、まさかここまで上手くいくとは思ってなかった。

成功率を上げるために、わざと大振りの一撃を繰り出してくれたリッジ君と、MPを振り絞って退避先を限定してくれたリン姉には感謝だよ。

あと、ずっと気を引いてくれてたお兄もね。一応。

「わひゃあ!?」

と、そこで、私を振り払おうとでもしたのか、ヒュージスライムがいきなり何もない場所を目掛け飛び出した。

さっきも言った通り、《バインドウィップ》はATKの値に差がありすぎると、拘束しても動きを止める効果はなく、むしろ振り回される。当然、10レベルにもなってない私のATKが、ヒュージスライムにある程度でも拮抗してるわけがないから、このアーツじゃ到底ヒュージスライムの動きを止めることなんて出来ない。

でも、それは最初から分かってたことだ。

「よいっ、しょ！　ライム、出番だよ、《麻痺ポーション》、ありったけぶちまけちゃって!!」

ヒュージスライムが足を止める一瞬前に鞭を捻って空中で位置を調整し、無理矢理私の体をヒュージスライムの体に不時着させ、そのましがみ付く。

そうした状態で、私の胸元に半身を埋める形で張り付いていたライムが顔を覗かせ、その口（？）から《麻痺ポーション》を次々吐き出していった。

そう、最初から私の狙いは、《麻痺ポーション》によってヒュージスライムを麻痺状態に陥れること、ただその一点だ。

《投擲》スキルじゃ射程もスピードも足りないから、動き回るヒュージスライムに当てられない。

ただ潜んで、近くに来たところへ投げつけたところで、元々麻痺耐性の強いヒュージスライム相手じゃ、一つや二つぶつけたくらいじゃ麻痺状態にはなってくれない。

だからこそ、こうして《バインドウィップ》を使って強引に体にしがみついて、ゼロ距離でぶつけ続ける必要があった。

けれど私のＡＴＫ値じゃ、張り付いたとしても両手でしっかり体を固定しなきゃすぐに振り落とされちゃうし、一々片手を動かしてメニューを操作してアイテムを取り出すなんて真似出来るわけもない。

でも、ライムがいればその問題も一発解決だ。持っておける種類が少ないとはいえ、その一つ一つを見るのならインベントリと変わらない保有量を持つライムの《収納》スキルもあって、両手が

塞がったままな私に代わり、あるだけ全部の《麻痺ポーション》を使い続けてくれる。

私が真っ当な《魔物使い(テイマー)》としてレベルを上げてれば、到底実行出来なかった。ライムを使役し、ライムと一緒に戦うためにスキルを取ったからこそ、今のこの作戦がある。

「絶対、負けないから!!」

そんな気合を入れて一層しがみ付く力を入れる私だけど、ヒュージスライムも今自分に何を使われてるのか分かるのか、死に物狂いで暴れ回ってる。

右へ左へ、前へ後ろへ、時に真上へと跳び回るヒュージスライムだけど、今までほとんど何も出来なかった分、ヒュージスライムの動きはずっと観察出来た。だから、この子の動きの癖くらいは、私にだってちゃんと分かる。ヒュージスライムが跳ぼうとする方向を予測して、それに合わせて位置取りを変えるくらいはわけない。

そうして、私を振り落とそうとするヒュージスライムと必死の攻防を続ける間にも、ライムはポーションを吐き出し続ける。

一つ、二つ、三つ、四つ、五つ、六つ、七つ、八つ、九つ——

「ミオ、危ねえ!!」

「えっ」

そろそろ、使った個数が十五に届こうかというところで、それまで何をしようとしているのかの事前説明もないままに静観してくれていたお兄から、突然注意喚起の声が聞こえてくる。

それと同時に、嫌な予感を覚えた私だったけど、もう遅かった。

「きゃあああああ!?」

ヒュージスライムが、いきなりその場で高速スピンをし始めた。

ある程度の距離を跳躍する分には、跳んでる最中に位置を戻したりして対応出来たけど、延々と遠心力をかけられ続けたら耐えられない。しがみ付いていた手が離れ、間が悪くアーツの持続時間も終了したせいで、私は空中へ投げ出される。

「ミオ姉!!」

「来ないで、リッジ君はちゃんと前見て!!」

二度目の飛翔ということで慣れたのか、私を助けるために駆け寄ろうとするリッジ君にそう言いながら、私はライムの体を腕で抱えて振りかぶる。

「てやーーー!!」

そして、私を振り落としたと油断して動きを止めたヒュージスライム目掛け、思い切り投げつけた。

そのまま、受け止めてくれる人もいない私の体は地面を転がって、HPがゴリッ！　と削れてレッドゾーンに突入したけど、なんとか死ぬ一歩手前でギリギリ耐える。

一方で、ライムの小さな体は《投擲》スキルの恩恵もあって、空中という不安定すぎる姿勢から放たれたとは思えないほど綺麗な放物線を描き、ヒュージスライムの巨体にぽよんっと乗っかる。

そこで、ライムは迷いなく最後の《麻痺ポーション》を投下し、中身の黄色の液体をぶちまけた。

「……やったっ!!」

それを浴び、ヒュージスライムのその巨体が、ついに麻痺状態に陥る。

びくびくと体を痙攣させ、一歩も動かないその姿は無防備そのもので、今なら攻撃し放題なのは素人目にも明らかだ。

「よし、今だ、行くぞぉ‼　《スピアチャージ》‼」

「《ユニオンアタック》‼」

「くっ……《トライデントスラッシュ》‼」

その隙を逃さず、お兄達の一斉攻撃がヒュージスライムへと突き刺さる。

お兄の槍がその体を抉り、リン姉のゴーレムとゴブリン達の、息を合わせた一斉攻撃で畳みかけ、トドメとばかりに繰り出されたリッジ君の三連撃が、その体に三角形を描く。

元々残り僅かだったHPを削り取り、それの残量を表示する緑色のバーが黒一色に染まり——

——それでも、ヒュージスライムは倒れなかった。

「なっ、なんで⁉」

「げぇ、ミリ残りかよ‼」

驚きの声を上げるリッジ君の疑問に答える形で、お兄が表情を歪めながら叫ぶ。

ミリ残り。要するに、HPが限界まで減って、もうHPバーにも残らないくらい少なくはなったけど、0にはなってない状態。たとえ残りHPが1だったとしても、0じゃなければ倒したことにはならない。そんな、ダメージの乱数に嫌われて稀に起こる悲劇。

しかも、今は吹き飛ばされて距離が離れた私を除き、全員がアーツを使った直後で、次の攻撃に移るまでは時間がかかり、一方のヒュージスライムは、早くも麻痺状態から回復してしまった。

このままだと誰かが反撃を受けて、最悪死に戻ってしまうかもしれない。

だからこそ……最後の一押しが出来るのなら、それは迷いなく実行するべきだよね。

「ライムっ」

この場においてたった一体。自由に動け、かつヒュージスライムを攻撃可能な位置にいる相棒に向けて、私は指示を出す。

「《酸液》!!」

このゲーム最弱モンスターによる、最弱の攻撃。

それが最後の一押しとなり、ついにヒュージスライムのＨＰバーは、完全に砕け散った。

一面に広がる畑には、多種多様な野菜が実りを付け、青々と生い茂っている。
立ち並ぶ家屋は昔の日本のような木造建築で、見るからに田舎らしいその外観は、なんだかほっとするような安心感をもたらしてくれ、ちらほらと見える牛小屋のような建物には、リアルの牛の代わりにマンムーが入っていた。そののんびりとした仕草を見ていると、思わず欠伸(あくび)が漏れちゃいそう。
コスタリカ村。ヒュージスライムを討伐したプレイヤーだけが足を踏み入れることが出来るその場所で、私達のパーティは、その村の外観に似合わない青いクリスタルのような浮遊物体――転移ポータルの登録をしていた。

「よし、これで登録終わり。いつでもここに来られるぞ」

「ありがと、お兄！」

登録と言っても、ただ傍に寄って宙に浮かぶクリスタルに触れ、出てきたダイアログをタップするだけの簡単なものだった。

それでも、いつになく上機嫌な私はお兄に素直にお礼を言って、にぱっと笑顔を浮かべる。

「お、おう。これくらいどうってことねぇよ」

「ふふっ、それじゃあ、落ち着いたところで戦果確認といきましょうか」

照れたように頭を掻くお兄を見て笑いながら、リン姉の提案で全員今回のドロップアイテムを確認する。

いくらフィールドボスを倒したからって、モンスターの出てくるフィールドで呑気に確認するのは危ないから、っていう理由でここに来るまで我慢してたけど、ボスを倒したのもクエストをクリアしたのも初めてだから、正直早く確認したくてずっとウズウズしてたんだよね。

「おおっ、クエスト達成報酬で所持金が三倍になってる！」

そういうわけでメニューを開いてまず目に付いたのは、大きく増えた私の所持金。

クエストボードから受けられる討伐系のクエストは、特に報告する相手もなく規定数倒せばその時点で報酬が手に入るみたいなんだけど、ゴブリン十体倒しただけで１０００Ｇって多くない？

前に六体倒した時は確か……手に入ったドロップアイテム全部売って３００Ｇくらいだった気がするし、すごいお得感。

「まず真っ先に目が行くのがそこなのかお前は……」

お兄から若干呆れたような視線を向けられるけど、仕方ないじゃん。メニュー画面を開けば見れる所持金と違って、アイテムはそこから更に一つインベントリのところを開かないと見れないんだから。

「そもそもクエスト受けた時にちゃんと報酬まで確認しとけよ、全く」

「ふふふっ……まあ、ミオちゃんは金欠なんだし、いいんじゃないかしら。っと、私のドロップは……」

そんな私達の様子を見て微笑を浮かべながら、リン姉も改めてインベントリを確認した。

すると、「あらあら」と、少しばかり残念そうに眉をひそめる。

「《特大スライムゼリー》二つと《グリーンゼラチン》ね。当たりの部類ではあるんだけど、私としては《グリーンスライムの核石》が欲しかったなぁ……」

はあ、と軽く溜息を吐くリン姉。

《グリーンスライムの核石》は、そのまま召喚するとグリーンスライムの召喚石になるけれど、《合成》スキルで他の召喚石と混ぜると、その召喚石のモンスターのＤＥＦがアップするみたいで、ゴーレムの強化のために欲しかったんだって。

「うーんと、僕は《グリーンスライムの核石》と《グリーンゼラチン》二つか。これだけ出てるならそう珍しくもないんだろうけど、《グリーンゼラチン》って何か使い道ってある……？」

「それは食材アイテムね。《料理》スキル持ちが使うとプリンみたいなのが作れるわよ」

「えっ、プリン!?」

プリンと聞いて、思わず二人の会話に割り込む。

色はプリンと違うけど、まあ緑色なら抹茶プリンと思えばそう変でもないし、後は味さえ良ければライムと一緒に食べたいなぁ。……あれ？　でもそれ、もしライムが食べたら共食いになっちゃうのかな？　うーん……？

まあいっか、細かいことは。と一旦考えることを放棄して、改めてドロップアイテムを確認する。

「えーっと……《特大スライムゼリー》と《グリーンスライムの核石》二つ？　《グリーンゼラチン》はなしかぁ……リン姉、交換しない？」

「あら、いいの？　ミオちゃんもサブでは《召喚術師(サモナー)》になりたいって言ってなかった？」

「いいよ、なったらなった時にまた探すから。それより、今はライムと食べるプリンが大事だよ！」

「ふふっ、ミオちゃんらしいわね。それじゃあお言葉に甘えてトレードさせて貰おうかしら」

「あ、それならミオ姉、僕もあげようか？　特に食材アイテムは必要ないし」

「ほんと？　それなら、代わりに、えーっと……余ってる《ハニーポーション》あげるね」

「ありがとミオ姉、助かるよ」

そんな感じに、リン姉とは《グリーンゼラチン》と《グリーンスライムの核石》を、リッジ君とは《グリーンゼラチン》二つと《ハニーポーション》二つをそれぞれトレードする。

と、そこで、そういえばさっきから会話に加わってないのが一人いることに今更ながら気付いた。

「あれ、お兄は？」

見れば、お兄はすぐ傍でしゃがみ込んで、地面にのの字を書くのに夢中（？）になってた。

何してるんだろ？

「お前らいいよなぁ……そうやってそれなりのモン手に入れて、和気藹々（わきあいあい）とトレードなんてしてたりよぉ……俺なんて……どうせ俺なんて……」

あっれー。お兄がなんだかものすごくネガティブモードに入ってる。

そんなにドロップ悪かったのかな……？

「まあまあ、元気出しなよお兄。何ドロップしたか知らないけど、なんなら私の《特大スライムゼリー》とトレードしてあげようか？　特に使い道もないし」

肩をポンポンっと叩きながらそう言うと、お兄はぐるっと私のほうに顔を向け、がばぁ！　と飛び掛かってきた。

「うおぉぉ!!　やっぱり持つべきものは出来た妹だ！　ミオぉーー!!」

「うざい」

「ぐふぉ!?」

咄嗟に鞭を抜いて引っ叩くと、ゴロゴロと地面を転がっていくお兄。

うん、慰めようとしてたんだから受け止めてあげるべきだったのかもしれないけど、今のは仕方ないと思うんだよね。

「ミオぉ！　お前今の流れでそれはないだろ！」

「いやごめん、なんか反射的に」

「ひでぇ!?」

「ていうかそもそも、何ドロップしたのさ、お兄」

いじけるお兄の姿があまりにも哀れだったからつい勢いで言ったけど、よくよく考えてみたら、まずはそれを聞かないとダメだよね。

「……《酸性ポーション》」

「へ？」

「《酸性ポーション》四つが俺のドロップだよ……」

えーっと……《酸性ポーション》ってあれだよね。私とライムの一番のダメージリソースにして、ライムの《酸液》と《調合》スキルがあれば、元手0で放っておけば出来上がるやつ。それが四つ？

「一応言っておくとね、《酸性ポーション》って、βテストではヒュージスライムのドロップ以外だと普通のスライムのレアドロップでしか確認されてなかったから、集めようと思うと結構大変なのよ？」

そんな風に思ってたら、それを察したらしいリン姉が、お兄へのフォローとも取れる説明をしてくれた。

「……ただ、アイテムを使った継続ダメージって、直接投げて使うにはダメージ効率が悪いし、弓矢とか投げナイフに合成して使うにもコスパが悪いしで人気がなくて、しかもＮＰＣショップで売っても二束三文にしかならないから、完全にハズレア扱いなんだけどね」

「「ぐふっ!?」」

ただ、その後に続いた説明には、お兄だけでなく私も多大なるダメージを受けることになった。

効率、やっぱり悪いんだ……いや、うん、なんとなく分かってたよ？　お兄が言ってた通り、本当に誰も寄り付かない《東の平原》のゴブリンだって、《酸性ポーション》と《麻痺ポーション》と《毒ポーション》を使ってやっと一対一……いや、ライムと私だから二対一？　で、やっと楽に勝てるって言えるレベルになった程度なのに、お兄達はゴブリンくらいみんな一撃必殺だったもんね……あはは……。

「まあ、ミオちゃんみたいに、絶え間なく投げれるなら効率の問題は解消されそうだけどね」

まさか、本当にヒュージスライムを麻痺させるなんて思わなかったわ、とボス戦を振り返るように言うリン姉だけど、それってつまり、誰もやらないくらいコスパの悪いことしてたってことだよね？

うぅ、やっぱり、私が余計なことしなくても、リン姉にはもっと上手い手があったのかなぁ……いい感じに存在感出せたと思ったけど、よくよく考えてみたら、私とライムがやったのって、ポーション配る以外は、痺れさせて美味しいところ(ラストアタック)を掻(か)っ攫(さら)っただけだし、次はもっと頑張らないと。

「あとミオちゃん、《特大スライムゼリー》は鞭を作る素材になったはずだから、取っておいたほうがいいと思うわよ？」

「えっ、そうなの？　じゃああげない」

「うおぉい⁉　いや、別に貰おうなんて思ってなかったけどさ‼」

私の変わり身の早さに、お兄がまたも不服そうな声を上げる。

いやだって、必要ないかと思ったから言っただけだし。そろそろ鞭も替え時だとは思ってたから、少しでも強くなるならそれに越したことはないもん。

「ふふふっ、それじゃあ約束通り、本サービス初のボス撃破祝いに、みんなで食べに行きましょうか。ゲームの中だけどね」

「行く行く！　リッジ君も行くよね？」

「うん、もちろん」

「よし！　それじゃあレッツゴー！」

「おいミオ、お前場所知らないだろ！　先走ってどうすんの⁉」

「この村に着いてから、ずっといい匂いしてたし、場所くらい分かるよ！」

「犬かお前は！」

「仕方ないじゃん、お腹空いてるんだし！　ね、ライム！」

お兄と軽口を交換しながら、腕の中に抱いた相棒に同意を求めると、ぷるぷるんっと体を揺らすことで肯定してくれる。

まだ見ぬゲームの料理へ期待を膨らませながら、私は長閑な村の中を、ライムと一緒に駆け抜けていった。

エピローグ

「あーんっ、んん！　美味しい！」

木の香りに包まれた、穏やかな雰囲気のレストラン。もとい、コスタリカ村の宿屋兼大衆食堂にやってきた私達は、戦勝会を兼ねて、ここで食事をとっていた。

ゲームの食事は満腹感こそ得られないけど、味も香りもリアルのそれに引けを取らないし、ちゃんと温度まで感じられる。改めて、このゲームのすごさを実感出来るポイントだ。

そんな食堂で私が頼んだのは、恐らくこの村で採れたんであろう野菜がふんだんに使われた、クリームシチュー。一口食べれば、野菜の甘味とホワイトソースのまろやかな口当たりが合わさって、とっても美味しい。

「はい、ライムもあーん」

そんなクリームシチューをライムにも食べさせてあげると、ぷるるん！　と嬉しそうに体が跳ねる。どうやら、気に入ってくれたみたい。

「えへへ、そんなに美味しかった？　なら、今度作ってあげるね」

ライムの体を撫でつつ、そんな約束を口にする。

まあ、しばらくはレベル上げとか、素材集めとかで忙しいから、もう少し後になるだろうけど。

「ミオ、お前、ただでさえ金がないのに、《魔物の餌》で済まさずにここまで凝った料理を作るとか、大丈夫か?」

「大丈夫だよ、多分……」

素材を集めて料理したり、調合したりして作れば、NPCショップで直接買うより安上がりになるのは当然だ。

けど、こういったお店で出されるような料理は、使ってる食材アイテムがそもそもフィールドで採れる物じゃなかったりするわけで、そういった素材は買い集めなきゃならない。

そして、ここに来る前にチラッと覗いたNPCショップの相場を見るに……ジャガイモ一つで、《魔物の餌》一つ分くらいのお金がかかる。当たり前だけど、ジャガイモ一つでこんな料理作れるわけないから、全部買い集めたらいくらになるか分かったもんじゃない。いや、今食べてるこの料理の値段から大体予想はつくんだけども。

ともかくそういうわけで、本当にライムの普段の食事をそういうちゃんとしたご飯にしようと思うなら、畑で食材アイテムを自作するくらいはしなきゃいけないんだけど……そんなお金は当然ない。

だから、どっちにしたってこれの再現は当分無理な話だ。ここまで凝った物じゃなければ、そう遠くないうちに出来ると思うんだけどね。

「ふふふ、懐いてくれてるモンスターだもの、少しでも美味しい物を食べさせてあげたいわよね」

「そうそう、やっぱりリン姉は分かってるよね！」

せっかくこうやって五感を再現してモンスターと触れ合えるんだから、餌やりは大事な要素だと思うの。そして、大事なペットの餌なんだから、半端な安物で妥協したくない。もちろん、経済的な事情はリアルでもゲームでも切っても切れないから、限界はあるんだけど……。

「ならミオ、是非ともその勢いで俺達の昼飯ももうちょっと豪華にしないか？　そろそろ俺も惣菜パンとカップラーメンと食パン以外の飯が食いたいんだが……」

「分かった、じゃあ次はカップうどんにしてあげるよ」

「何も変わってねえ⁉」

がっくりと肩を落とすお兄だけど、別にお兄はいいじゃん、家で食べなくても、味ならこうして《ＭＷＯ》の中で好きなの食べれるくらいにはお金持ってるんだし。

まあ、そうは言ってもリアルであまり偏り(かたよ)すぎると体壊しちゃうから、程々でバランスいい物食べさせてあげなきゃいけないだろうけどね。

全く、お兄はゲームの中だとあんなに頼もしいのに、リアルじゃ私がいなきゃなんにも出来ないんだから、世話が焼けるよ、全く。

なんてことを思いながら、ライムにクリームシチューを食べさせてあげていると、ふと視線を感じ、そちらのほうへと顔を向ける。

「リッジ君、どうかした？」

「え？　い、いや、なんでもないよ」

私が声をかけると、慌てた様子で視線を戻し、自分で注文したビーフシチューをパクパクと食べ進めるリッジ君。

だけど、その前は私がライムに食べさせてるところを凝視してたわけで……ふむ。

「リッジ君、はい、あーん」

「えっ」

ライムに食べさせてあげてたクリームシチューを、今度はリッジ君の口元へと運んであげる。

リッジ君、育ち盛りだからね。ライムが食べてるのを見て、自分も食べたくなっちゃったんだよね？　ふふふ、私には分かるよ！

「いやあの、ミオ姉？　さすがにこの歳であーんは恥ずかしいんだけど……」

食べたかったのは図星だったようで、いらないとは言わずにそうやってやんわりと断りを入れてきた。

でも、見たところ私達の他にプレイヤーはいないみたいだし、そんなに恥ずかしがることないのに。ただでさえ引っ越した後は構ってあげられなかったんだから、こういう時くらい可愛がってあげないと！

「いいからほら、あーん！」

「うっ、いや、えっと……あ、あーん……」

ぐいぐいと詰め寄る私を前についに折れたのか、リッジ君は観念したかのように口を開く。

そこへ、私は優しくスプーンを入れ、クリームシチューを食べさせてあげる。

「どう？　リッジ君」

「お、美味しいです……」

やっぱり恥ずかしいのか、そう言って顔を赤くしながらこくこくと何度も頷く仕草に、私は内心で歓声を上げる。

あーもうっ、リッジ君は可愛いなぁ！　ライムも可愛いけど、こういう反応はリッジ君ならではだよね。

なんてことをしていたら、今度は私の膝の上に乗っていたライムが、ぺしぺしと私を叩いてシチューをねだってきた。どうやら、私がリッジ君の相手ばかりしてることにやきもちを焼いたみたい。

「あはは、ごめんねライム、ほら、ライムもあーん」

そのぷるぷるとしたボディを撫でながら、もう一度シチューを掬って食べさせてあげると、ライムは満足そうに体を震わす。

ああ、癒される……やっぱりライムとこうしてると、心が洗われていくようだよ。なんて言うかこう、ライムと会ってまだ二日なんだけど、既に実家のような安心感があるんだよね。もうライムがいない生活なんて考えられないよ。

「ふふ、ミオちゃん、本当にライムちゃんが好きなのね」

「うん、大好き！　ライムのためならなんでもするよ！」

「な、なんでも……」

なぜか私の言葉に、リッジ君が羨ましそうな声を上げてるけど、別にリッジ君にだって頼まれれば大抵のことはやってあげるよ？　出来る範囲でだけど。

「そういえば、ミニスライムと関係があるかは分からないけれど、最近グリーンスライムに新しい進化先が見つかったらしいわよ。予想では、何かのアイテムを与えたことが切っ掛けじゃないかって」

「えっ、リン姉、それほんと!?」

「ええ、まだ確証はないみたいだけれどね」

グリーンスライムがそうなら、同じスライム種であるミニスライムも、同じように何かのアイテムで進化の条件が満たせるかもしれない。

まだレベル上限には遠いから、判明するのはまだ先だろうけど、今のうちから準備しておいたって損はないはず。

それに、今回のヒュージスライム戦で、やっぱり私もライムもまだまだ弱いって分かったからね。お兄や、他にもミニスライムを弱いって思ってる人達を見返すために、もっと頑張らないと！

「こうしちゃいられない、すぐに周辺エリア全部回って、アイテム掻き集めなきゃ！　行くよライム、《MWO》グルメツアーの旅!!」

グルメツアーと聞き、たくさんの物を食べられると思ったのか、ライムが嬉しそうにぷるぷると体を揺らす。

そんなライムを抱き上げながら、私は椅子を蹴っ飛ばす勢いで立ち上がった。

「ミオ姉、もう行くの？」

「うん、リッジ君もリン姉も、あとついでにお兄も、今日はありがとね！　楽しかった！」

「ふふふ、私も楽しかったわ、またやりましょう、ミオちゃん」

「僕も、楽しかったよ。またね、ミオ姉」

「俺はついでかよ!?　ったく、まあ楽しかったなら別にいいけどよ……少しはお前がモンスターに向けてる優しさを、俺に向けてくれてもいいんじゃないか？」

「あはは、無理」

「即答かよ!?」

がっくりと項垂れるお兄を見て、リッジ君やリン姉が苦笑を浮かべる。

だって、こんなに可愛いモンスターなんだもん、優先しないわけないじゃん。

「全く……本当にミオは、何かの世話焼いてる時が一番活き活きしてるよなぁ」

そんな、私の内心を察してなのか、食堂の外へ駆け出す私に向け、お兄がそう零す。

それを聞いて、私はくるっと向き直ると、満面の笑みで答えた。

「当たり前だよ。だって私、テイマーだもん！」

ライムを抱き直し、私は食堂を飛び出すと、そのまま村の外へと駆け出していく。

どこまでも広がる草原と、開けた青空を視界に収めながら、私はまだ見ぬこの世界の展望に胸を躍らせ、《東の平原》を駆け抜けていった。

名前：ミオ　職業：魔物使い　Ｌｖ９
ＨＰ：１０８／１０８　ＭＰ：90／90
ＡＴＫ：50　ＤＥＦ：69　ＡＧＩ：72　ＩＮＴ：46　ＭＩＮＤ：68
ＤＥＸ：92　ＳＰ：４
スキル：《調教Ｌｖ８》《使役Ｌｖ７》《鞭Ｌｖ８》《投擲Ｌｖ５》《隠蔽Ｌｖ８》
控えスキル：《感知Ｌｖ４》《調合Ｌｖ８》《採取Ｌｖ８》《敏捷強化Ｌｖ５》

名前：ライム　種族：ミニスライム　Ｌｖ10
ＨＰ：57／57　ＭＰ：59／59
ＡＴＫ：29　ＤＥＦ：51　ＡＧＩ：18　ＩＮＴ：32　ＭＩＮＤ：22
ＤＥＸ：31
スキル：《酸液Ｌｖ11》《収納Ｌｖ８》《悪食Ｌｖ６》

番外編　ある日のピクニック

その日は、私のとある一言から始まった。

「ピクニックがしたい」

朝ご飯として、食パンとハム、スライスチーズとレタスで作った簡単なサンドイッチをじーっと眺め、ふと思いついて呟かれた私の言葉に、お兄は咀嚼(そしゃく)中だった私と同じサンドイッチをごくんと呑み込み、口を開いた。

「どうした急に。遊びに行きたいって言うなら行けばいいじゃないか、さすがに母さん達は忙しいから無理だろうけど、お前ならそういう友達もいるだろ」

そういう友達っていうのは、外で元気よく遊ぶ子、所謂アウトドア派の友達のことだ。

お兄の場合友達はいても、趣味が二次元に偏ってるせいで、遊びに行ってもゲームばっかりしてるみたいなんだよね。私の場合は動物と戯れたいがために犬を飼ってる友達の家に遊びに行って、必ずその散歩に出かけるのが常だったりするんだけど、それは果たして友達がアウトドア派と言えるかは疑問だ。まあ、今回私が言いたいこととは全く関係がないから、一々訂正したりはしないけど。

「そうじゃなくて、《MWO》の話だよ。ライムとピクニックしたい！」

「ああ、そういうことか」

私の主張に、お兄は納得したように頷くと、もう一つのサンドイッチにパクリと齧りつく。

《MWO》を始めてこの方、ライムの育成と餌代の確保のために、《東の平原》や《西の森》を、文字通り東奔西走してきたわけだけど、よくよく考えてみれば、私はまだライムとゆっくり過ごす時間をあまり確保出来ていないことに気が付いた。

単にゆっくりするっていう意味なら、《調合》の作業中とか、ログアウト前の餌やりの時間も当てて嵌りはするんだけど、それとは別にお散歩やピクニックだって私はやりたいのだ。

とはいえ、そこはVRゲーム。危険なモンスターが出てこないエリアなんて、それこそ街の中ぐらいしかないし、セーフティエリアは大抵の場合、小休止を取る完全武装のプレイヤー達がいたりするから、ピクニックっていう雰囲気でもない。

だったらそれこそ、マンムーくらいしか出現しない、《東の平原》の浅い部分でやればいいじゃないかと思われるかもしれないけど、あそこは普段から《調合》の作業場として一日中利用してるから、ピクニックする場所としてはなんだか違う気がする。

「そういうわけで、お兄、まだ私が行ったことのないエリアで、ピクニック出来そうな野外エリアってない？」

「そう言われてもなぁ」

そんな場所はそうそうないのか、お兄はサンドイッチを頬張りながら、うーん、と唸り始める。

「あ、そういえば」

「何？　どこかあるの？」

やっぱりダメかと諦めかけた時、お兄が何かを思い付いたかのように声を上げた。

食い気味に顔を近づける私を、「近い近い」と手で押し退けると、お兄は記憶を掘り起こすように語り出す。

「確か、《東の平原》で道を外れて北に進むと、小高い丘の上にでっかい木が一本だけ生えてる変なエリアに出るんだよ。出て来るモンスターはミニスライムばっかだし、採取ポイントもないし、今のところ特に意味のないエリアだって放置されてるんだけど、景色は割と良かった覚えがあるから、ピクニックするならちょうどいいんじゃないか？」

「おおっ、いいねそれ！」

景色のいい丘の上で、ライムと一緒にご飯を食べてまったりする。うん、まさに理想的なピクニックだ。

「ありがとお兄、早速行ってみるよ！」

「おう、気を付けてなー」

軽い調子でそう言ってくれるお兄に頷きを返すと、私はサンドイッチの残りを口の中へと詰め込み、そのまま急いで部屋へと駆けこんで、ベッドの上でVRギアを被る。

そして、すぐさま《MWO》の世界へとダイブした。

《MWO》の世界へとやってきた私は、最終ログアウト地点であるコスタリカ村の転移ポータル前に降り立った。

そこから一瞬遅れて、光に包まれる形で現れたライムを抱き留めると、その姿がはっきりするや否や、ワクソクする気持ちを抑えきれないままに声をかける。

「ライム、今日はピクニックだよ、ピクニック！　いっぱい楽しもうね！」

ピクニックという言葉が理解出来たのかどうかは分からないけど、私の様子に釣られて、同じように楽しげに体を震わせたライムを抱えたまま、まずは食堂へと駆け込んだ。理由はもちろん、ライムお気に入りのお弁当を用意するためだ。

出来れば手作りを用意したかったんだけど、さすがに今から《料理》スキルを取って一から試行錯誤する時間はないし、何よりここのご飯は美味しいから、今回の手作り要素は《ハニーポーション》だけで我慢することにした。

コスタリカ村名物《コスタリカサンド》を、所持金の許す範囲で購入し、コスタリカ村を出れば、グリーンスライムが元気良く跳ね回るいつもの光景が目に映る。でも今日は相手をしてられないから、ここは《敏捷強化》スキルを活かして一気に駆け抜けることにした。

特に道中トラブルもなく、あっさりと《スライム平原》を踏破した私は、お兄に聞いた情報を頼りに、小高い丘を捜してみる。とは言っても、基本的に見晴らしのいい《東の平原》で、小高い丘、それも一本だけ生えた大きな木、なんていう分かりやすい目印がある場所を見つけるのは特に難しくもなく、簡単に見つけられた。

「あ、あそこだね、行こう、ライム！」

私の言葉に答えるように、ぷるぷると体を揺らすライムを抱き直し、見つけた丘に向けて走っていく。

お兄の言った通り、その近くは特にアクティブモンスターの姿も見えず、ちらほらとミニスライムらしき影が草むらから飛び出してくるくらいで、至って平和な場所だった。

「よいしょっと……おおっ、いい眺め～！」

丘の上にたどり着くと、その場所からは《東の平原》の全てが一望出来た。

私とライムが出会った《東の平原》の入り口に、お兄が助けてくれたゴブリンの徘徊するエリア。ヒュージスライムと戦った《スライム平原》に、コスタリカ村までもが見渡せる。

「ふふ、ほらライム、見える？　すごい眺めだよー」

景色がよく見えるように、ライムの体を持ち上げてあげると、ぷるぷると興奮したように体を揺らし、嬉しそうに小さく跳ねる。そんな可愛らしい仕草に頬を緩め、思わずぎゅっと抱きしめながら撫でてあげると、心地良さそうに体を預けてくれた。

はあ、癒されるなぁ……やっぱり、育成のために駆け回るのもいいけど、偶にはこういう息抜きも必要だよね。

「ふふ、どうしたのライム？　お腹空いちゃった？」

そうして和んでいると、唐突にライムが体をジタバタさせ、何事かを訴えかけてきた。

元々予想は出来ていたことだったから、すぐに察して尋ねてみると、肯定するかのように一度だけぷるんっ！　と大きく体を揺らして答えてくれた。

私は家で朝ご飯を食べてから来たけど、ライムはまだだったからね。そろそろご飯あげないと。

そういうわけで、私は丘の上に生えた大きな木の根元に腰掛けると、インベントリから《コスタリカサンド》を一つ取り出し、小さく千切って掌に載せて、ライムに差し出した。

ぶっちゃけ、ライムならわざわざ千切らなくても、そのまま一口で食べれるんだけど……サンドイッチはそこまでたくさん用意出来てないから、少しでもこの時間を楽しむためにも、やっぱり小分けにして与えるようにしたい。私のちょっとした我儘（わがまま）だ。

「ほらライム、あーん」

なんでわざわざ千切ったのか分からないのか、少しだけ困惑したような様子だったけど、やっぱり食欲には勝てないようで、すぐにパクリと、体に取り込むようにしてサンドイッチの欠片を食べてくれた。するとすぐに、ライムは美味しそうにぷるんっと体を揺らす。そんな仕草を見てると私も嬉しくなって、その弾力ある体を撫でてあげた。

「そんなに美味しかった？　まだあるから、たくさん食べてね。あ、でもゆっくりとだよ？」

甘やかしつつも、ちょっとだけ自分の要望を伝えながらサンドイッチを千切り、ライムに食べさせていく。もちろん、食べ物だけじゃ物足りないから、飲み物代わりの《ハニーポーション》も取り出して、こちらもいつもと違い小皿に注いでから、少しずつ飲ませてあげた。

「はあ、和むなぁ……」

丘の上はモンスターに襲われることもなく、ただ穏やかな風が吹き抜け、草原をなびかせる。背もたれにしている木の枝が小さく揺れ、耳に優しい葉擦れの音が響いてくる。

普段の生活で聞き慣れた、都会の慌ただしい喧噪とはかけ離れた、穏やかでまったりとした時間をライムと一緒に堪能していると、ちょっとずつ眠気に襲われてきた。

「んー……ライム、お昼寝には早いけど、少し一緒に寝ようか」

サンドイッチも概(おおむ)ね食べ終わり、ライムも十分満足した頃合いを見計らって、そう提案してみる。

私の言った言葉の意味をちゃんと理解出来てるかは分からないけど、手を広げて見せればライムは嬉しそうに私の胸へと飛び込んできて、甘えるようにその身を擦りつけてきた。

「ふふ、ライムは可愛いなぁ」

そんな愛らしい姿に癒されつつ撫でてあげれば、ライムは気持ち良さそうに体の力を抜いていく。

それに釣られ、私もまた眠気に抗わずにゆっくりと目を閉じて、微睡(まどろ)みの中に意識を沈めていった。


どれくらい時間が経ったのか。微睡むとは言っても、完全な熟睡はゲームの中では出来ないから、そこまで長い間ではないと思うけど、私の意識はライムとは違う、さりとてよく似た別の感触を感じて再浮上した。

「……んん？」

薄(うっす)らと目を開けると、目の前にはライムの半透明の青いぷるぷるボディがあった。これは眠る前と変わらない。ならばと視線を横にスライドすると、私のすぐ傍には、青い半透明のぷるぷるボディがいっぱい……って、んん？

「わっ、ミニスライムがいっぱいいる!?」

気付けば、私の周りには何体ものミニスライムが集まっていた。

ノンアクティブモンスターであるはずのミニスライムが、こんな風に集まっているっていう異常事態にパニックになりかけたけど、よく見れば、集まっている子達は特に私を襲うでもなく、ただ私が手に持ったままだったサンドイッチの欠片を、羨ましそうに眺めていることに気が付いた。

「……もしかして、これが欲しいの？」

サンドイッチを手に持って、ミニスライム達の前で左右に振ってみる。それに釣られ、ミニスライム達の体もぷるぷると左右に揺れ動く。可愛い。

「ふふっ、それじゃあ……」

残っていたサンドイッチを細かく分け、集まってきたミニスライム達に一つずつ食べさせていく。

池の畔(ほとり)に集まった鯉みたいに、もっともっととおねだりするミニスライム達はすっごく可愛い。けど、あんまりこの子達ばっかり構ってると、私の腕の中にいるライムが拗ねちゃうんだよね。

「ライムもはい、あーん」

元々、食べようと思えば満腹度に関わりなくいくらでも食べ続けられるのがミニスライムだ。いくら《悪食》スキルで満腹度ゲージの減りが早くても、少しの時間寝ていた程度でどうこうなるわけもない。それでも、そんなことは関係ないとばかりに、先ほどからずっとおねだりしていたライムに微笑みつつ、私はサンドイッチを食べさせてあげた。

そうして順番に食べさせていったんだけど、そもそもさっき食べたばかりで大して残っているわけもなく、途中からは《ハニーポーション》や、使い残しの《魔物の餌》、以前レシピ開発の時にいくつか作った、失敗作のポーションまで放出することになった。

「食いしん坊なのはやっぱりミニスライムの種族特徴なのかなぁ。けど、みんな微妙に反応が違うのは面白いよね」

予想以上にみんな大飯喰らいで、どんどん無くなっていくインベントリのアイテム一覧を見て苦笑する。

けどそれ以上に、アイテムを与えた時の微妙な喜び方の違いを見ていると、いくらプログラムで動いてるとはいえ、この子達はみんなそれぞれ、別の個体なんだと思えた。だからこそ、ここにいるライムは私だけの、私の唯一無二の相棒なんだって実感出来て、なんだか無性に嬉しくなった。

「ふふっ、ライム、これからもよろしくね」

そう言って撫でてあげると、まるで首を傾げるように、こてんっと器用に体を傾けるライム。その仕草を見て笑いつつ、それからも集まってきたミニスライム達に、アイテムを与えていく。

そうしていると、やがていっぱい食べて満足したのか、ミニスライム達は私のほうを見て、お礼を言うかのように体をポヨンポヨンと何度か跳ねさせると、一体、また一体とその場を去っていった。

「ふー、終わったー」

やがて、ライム以外のミニスライムがみんないなくなったのを確認して、私は大きく息を吐く。

ミニスライム達と戯れるのは楽しかったけど、おかげでインベントリの中が随分と寂しいことになっちゃった。お兄に言ったら何してんだって呆れられそう。

「うん？　どうしたのライム」

そんな風に考えていると、不意にライムが私の手を離れ、すぐ近くの草むらを示すように跳ね始めた。

「そこに何かあるの？」

私の問いかけに構わず、その場で跳ね続けるライムに促され、傍に寄ってみると、草むらに隠れて、何か光る物が落ちていることに気が付いた。

「うーん？」

手に取ってみれば、アイテムを入手した時と同じように、インベントリへと自動で収納される。

確認すると、確かに《マンムーの毛》なんて入手した覚えもないアイテムが入っていた。

「もしかしてこれ、さっきのミニスライム達がご飯のお礼に置いていってくれたのかな？」

確認するように問いかけると、ライムは私の言葉を肯定するかのように、ぷるんっと体を揺らして答えてくれた。

だとすると、他にも草の陰に隠れてるだけで、実はいくつもアイテムが落ちてるのかもしれない。

そう思い、私はスキルメニューから《採取》スキルを選んでセットし直すと、改めて周辺に目を向けた。

「わっ、いっぱいある！」

《採取》スキルの示す先には、草むらの中にいくつもの光点が存在していた。

せっかくくれた物ならと、一通り回って回収を始めた私だったけど、思った以上に色んなアイテムがあったことに驚く。さっきの《マンムーの毛》や、《ゴブリンの耳》みたいなモンスター素材に始まり、《薬草》や《霊草》みたいな採取アイテム。変わったところでは、《ミニスライムの核石》みたいな、ミニスライム由来のアイテムまである。

いや、格上なはずのゴブリンの素材を持ってることにも驚きだけど、核石アイテムって、確かモンスターにとっての心臓みたいな物じゃなかったっけ？　そんな物置いていって大丈夫なの？

などと、若干不安に駆られるようなアイテムもありはしたけど、基本的には些細な、とてもあげたアイテムに見合うとは思えない物ばかりだった。

「ふふっ」

けど、アイテムとしての価値以上に、テイムもしていない野良のモンスター達と仲良くなれたことが嬉しくて、私はそれらのアイテムを思い出の品として取っておこうかと思い立ち、保護用のロックをかけた。ただ一つ、最後のアイテムを除いて。

「ライム、ほらこれ、美味しそうだよ」

そのアイテムは、《リンゴ》。その名の通り、リアル世界にもある果物のリンゴだ。

森の中で採れるキノコなんかは、《料理》スキルや《調合》スキルで処理しないと食べれないんだけど、これは生のままでも食べられるらしい。

よく考えたら、ミニスライム達にあげたサンドイッチは元々私の分で、ライムのお世話に夢中になりすぎて、すっかり食べ忘れていたものだった。せっかくここまで来たのに、まだ何も食べていないことに気付いた私は、せめてライムと二人でこれを食べようと思い立ったのだ。

「それじゃあ、いただきます」

さっきまで座っていた木の根元に腰掛け、リンゴを二つに割ると、片方はライムへ、もう片方は自分で大きく口を開け、一口齧る。

「ん～、美味しい！」

シャキッとした食感と共に、口の中を優しくも甘い味わいが広がっていく。ライムの場合は直接体に取り込んでるから、食感なんかは分かるのか謎だけど、美味しいっていうのは私と同感なのか、嬉しそうに飛び跳ねて、喜びを露わにしていた。

「ふふっ、そんなに気に入ったの？」

跳ね回るライムを抱き抱え、膝の上に載せる。私の問いかけに、ライムはまた一つ体を揺らすことで肯定の返事をしてくれた。

「それじゃあ、時間があったらまた来ようね、ライム」

そう言って微笑むと、ライムはまた嬉しそうに私に体を寄せ、すりすりと甘えるような仕草を見せた。

そんな様子に微笑みながら、私はまたリンゴを一口齧り、丘の上からの景色を眺める。

穏やかな風が吹き抜ける《東の平原》は、今日もまた、いつものようにゆっくりとした時間が流れていた。

あとがき

まずは、この本を手に取って頂けたことに多大なる感謝を。

ありがとうございます。そして初めまして、ジャジャ丸と言います。

この作品は、『小説家になろう』にて連載しているものを、手直ししたり番外編を書き加えたりしてお届けしたものとなっております。

これを書くにあたってテーマとしたことはいくつかありますが、中でも最も大事にしたかったのは、〝主人公とその使役するモンスターをチートキャラにしないこと〟です。

これは別に、作者がチートを嫌ってるとかそういうことではなく、〝周りから弱いと言われ、実際その通りに弱いモンスターを、それでも輝かせようと奮闘する〟という話が書きたかったというのがあります。

たとえ非効率でも、歩みが遅くとも、他にもっと楽な方法があろうとも、あくまで自分の〝好き〟を貫き、どこまでもマイペースに、明るく楽しく高みを目指す。

そんな、極普通の女の子による、遊び（ゲーム）ならではの、少し羨ましくなるような〝身近なファンタジー〟をこの作品を通して感じて貰えたら、作者冥利に尽きるというものです。

さて、他にも色々と語りたいことはありますが、これ以上書くとページ数がオーバーしそうなので、そろそろ感謝を述べさせて頂きたいと思います。

まだほんの十五話程度、総合評価にして二千にも届いていなかった当時のこの作品を見つけてくださったM様、K様、ありがとうございました。正直なところ、実は詐欺なんじゃないかこの話と内心ビクビクしておりました、すみません！

そして担当のS様。やたらネガティブ思考に走る作者を優しい言葉で支えてくださりありがとうございました。ここまでこぎ着けられたのもそのお力添えのおかげです。

イラストレーターのはりもじ様。素敵なイラストをありがとうございました。可愛らしいミオの姿を初めて目にした時、もはやこれだけで、全てが夢だったとしても成仏できそうなくらい歓喜しておりました。もう心残りはありません！（マテ）

他にも、ぶんか社の皆様を始め、たくさんの人に支えられて、この作品を世に出すことが出来ました。心より感謝しております。

最後に、『小説家になろう』にて応援してくださった方々、並びに、この本を手に取って頂いた読者の皆様。本当に、本当にありがとうございました。

それでは、次巻でまたお会いしましょう！　……次巻、あるよね？　あると、いいなぁ……。

BKブックス

テイマーさんのVRMMO育成日誌

2019年1月10日　初版第一刷発行

著　者　ジャジャ丸（まる）

イラストレーター　はりもじ

発行人　角谷治

発行所　株式会社ぶんか社
〒102-8405　東京都千代田区一番町29-6
TEL 03-3222-5125（編集部）
TEL 03-3222-5115（出版営業部）
www.bunkasha.co.jp

装　丁　AFTERGLOW

編　集　株式会社 パルプライド

印刷所　大日本印刷株式会社

ISBN978-4-8211-4501-0

Printed in Japan